화산검종 8

한성수 新무협 판타지 소설

초판 1쇄 찍은 날 § 2009년 1월 22일
초판 1쇄 펴낸 날 § 2009년 1월 31일

지은이 § 한성수
펴낸이 § 서경석

편집장 § 문혜영
편집 § 서지현

펴낸곳 § 도서출판 청어람
등록번호 § 제1081-1-89호
등록일자 § 1999. 5. 31
어람번호 § 제2-1667호

주소 § 경기도 부천시 원미구 심곡동 163-2 서경B/D 3F (우) 420-010
전화 § 032-656-4452 팩스 § 032-656-4453
http://www.chungeoram.com
E-mail § eoram99@chollian.net

ⓒ 한성수, 2008

ISBN 978-89-251-1665-5 04810
ISBN 978-89-251-1227-5 (세트)

※ 파본은 구입하신 서점에서 교환하여 드립니다.
※ 저자와 협의하여 인지를 붙이지 않습니다.
※ 이 책은 도서출판 청어람과 저작자의 계약에 의해 출판된 것이므로,
  무단 전재 및 유포·공유를 금합니다.

華山劍宗
화산검종

한성수 新무협 판타지 소설
FANTASTIC ORIENTAL HEROES

화산검종

華山劍宗

강탈흉갑(强奪胸甲)

한성수 新 무협 판타지 소설

Fantastic Oriental Heroes

8

目次

71장 현명 진인(玄冥眞人)   7

72장 여신강림(女神降臨)   37

73장 심중족쇄(心中足鎖)   69

74장 마신비행(魔神飛行)   97

75장 강탈흉갑(强奪胸甲)   127

76장 살수지왕(殺手之王)   159

77장 사소취대(捨小取大)   191

78장 주화입마(走火入魔)   221

79장 무혈입성(無血入城)   251

80장 맹약지언(盟約之言)   279

第七十一章

현명 진인(玄冥眞人)
불사의 마신을 죽이기 위한 장도에 오르다!

華山
劍宗

수해촌.

어느새 살랑거리는 봄바람이 불고 있었다. 기나긴 겨울이 훌쩍 지나가 버리고 만 것이었다.

그러던 중 수해촌에서 일어난 가장 큰 변화는 다름 아닌 대흥반점의 아성을 완전히 뛰어넘은 운옥객점의 선전이었다. 주인인 유옥과 영호준의 근면성실한 노력이 완전한 보답을 받고 만 것이라 할 수 있겠다.

더불어 운옥객점은 몇 개의 분점까지 내게 되었다.

수해촌 부근의 몇 개 소촌에 조그만 규모의 객점과 반점이 생겨났고, 그 관리는 영호준이 맡았다.

그는 동분서주 뛰어다니며 식재료를 대고 불량배들을 청소하고 주변 정리를 철저히 했다. 그렇게 함으로써 유옥이 아무런 걱정 없이 장사에 매진할 수 있도록 만들어줬다. 그게 자신이 할 수 있는 전부인 양 최선을 다했다.

강호의 협객에 되겠다던 포부와 꿈?

이미 과거로 흘려 버린 것 같았다. 완전히 현재의 상태에 안주해 버린 것처럼 유옥을 돕는 일에 집중했다. 일단 겉으로 보이는 모습은 분명 그러했다.

밤.

하루의 일과를 모두 끝마치고 운옥객점을 빠져나온 영호준이 기름 범벅이 된 소매로 이마를 쓱 훔쳤다. 아직 밤에는 날씨가 쌀쌀함에도 땀방울이 묻어 나온다. 그만큼 정신없이 바쁜 하루였음을 보여주는 모습이다.

문득 그의 배후에서 작은 목소리가 들려왔다.

"영호 소협, 잠시만 기다리세요!"

"예에."

영호준이 신형을 돌려세웠다. 그의 앞에는 굳게 닫혀져 있던 객점 문을 열고 밖으로 나선 유옥이 서 있었다. 서둘러 나오느라 다소 숨결이 차다.

들썩이는 가슴을 한 손을 들어 진정시킨 유옥이 뒤에 숨기고 있던 작은 바구니를 불쑥 내밀었다. 그럴듯한 음식 냄새가 슬며시 영호준의 코끝을 스친다.
"이거 가져가세요."
"예? 저기… 저녁밥 잔뜩 먹었습니다."
유옥이 고개를 살래살래 흔들었다. 뒤이어 흘러나온 목소리는 여전히 상냥하다.
"또 한참 동안 땀을 흘리실 작정이잖아요. 분명히 다시 잔뜩 시장해지실 테니, 그때 드세요."
"하하, 그런……."
어색한 웃음과 함께 말끝을 흐린 영호준이 유옥에게서 바구니를 받아 들었다.
그녀의 말은 언제나와 마찬가지로 옳다.
지금 역시 그렇다.
그는 내심 오늘은 몰래 주방에 기어들어 가 남은 음식으로 배를 채우지 않아도 된다는 생각에 기분이 좋았다. 또 여태까지 자신이 밤중에 몰래 객점을 빠져나가는 걸 유옥이 이미 눈치채고 있었다는 걸 떠올리며 계면쩍어하기도 했다.
그런 영호준에게 유옥이 부드럽게 말했다.
"아직 밤에는 날이 차더군요. 무리하시진 마세요."
"명심하겠습니다!"
영호준이 평소의 몇 배는 될 정도로 우렁차게 대답했다.
유옥이 놀란 표정을 지어 보이곤 곧 배시시 입가에 미소를 매달았다. 이 같은 영호준의 모습, 결코 싫지가 않다. 쭉 지켜

보고 싶을 만큼 말이다.

 잠시 후.
 유옥의 배웅을 받으며 운옥객점을 떠난 영호준이 도착한 장소는 수해촌의 외곽에 위치한 널따란 공터였다.
 한때 이곳은 사제 북궁휘가 검을 수련하곤 하던 장소다.
 지금은 영호준의 차지가 되었다.
 평소엔 대낮에도 주변을 지나다니는 사람 그림자 하나를 보기가 힘들다. 지금과 같이 해가 꼴딱 넘어가 버린 시간에는 더욱 그러하다.
 멀리서 은은히 들려오는 개 짖는 소리를 귀로 확인한 영호준이 천천히 자세를 가다듬었다.
 그의 단전.
 한차례 호흡 조절과 함께 한줄기 맹렬한 기운이 치솟아오른다. 운검에게 전수받은 육합구소신공이 어느새 팔성의 경지를 훌쩍 뛰어넘었다. 이미 내경의 조절조차 제대로 할 줄 모르던 얼치기의 수준은 벗어난 지 오래였다.
 화악!
 순간적으로 단전을 벗어난 열기가 영호준의 전신 경맥을 따라 퍼져 나갔다. 기경팔맥을 따라 맹렬히 이동하다가 빠르게 소주천을 마치고 넘치는 기운을 체외까지 뿜어냈다. 전신의 무수히 많은 땀구멍을 통해서 말이다.

그런 까닭으로 영호준이 걸친 장포는 연신 거칠게 펄럭거렸다. 당장에라도 터져 나갈 것만 같다. 그런 변화를 일으키고 있었다.

그러다 움직임이 딱 멈췄다. 거짓말같이.

더불어 영호준이 발끝을 착착 내뻗으며 이동을 보이기 시작했다.

태극매화권!

일생 배워 익힌 필생의 권공(拳功)이 행운유수와 같이 하나하나 펼쳐졌다. 실타래에서 가늘고 끝없이 긴 실이 서서히 풀려서 끝 간 데 없이 나아가는 것과 같다. 그렇게 그의 태극매화권은 차가운 밤의 대기를 후끈 달아오르게 만들었다.

"허허, 태극매화권의 핵심인 팔강십이유를 참으로 잘 이해했지 않은가? 어찌 이런 곳에서 화산파 권법의 정수를 이해한 자를 만나게 되었더란 말인고?"

'파, 팔강십이유……'

영호준은 거의 몰아지경 속에서 태극매화권의 투로를 연습하던 중 귓전을 때린 늙수그레한 목소리에 크게 놀랐다. 사부 운검에게 들었던 태극매화권의 설명을 떠올린 까닭이다.

파팟! 팟!

영호준이 권식을 멈추자 그의 주변의 대기가 일시 요동쳤다. 이미 권경을 완성했음을 보여주는 모습이다. 그리고 주변을 둘러보는 눈빛에는 정명한 기운이 흘러넘친다.

"어디서 오신 고인이신지는 모르되, 무림의 규율에 따라 모습을 드러내시지요!"

"그러지."

'엉?'

영호준은 너무 쉽게 흘러나온 대답에 내심 눈을 동그랗게 떴다. 보통 이런 류의 일이 벌어질 경우 쉽사리 모습을 드러내지 않는 게 고수의 풍모라 여기고 있었기 때문이다.

그때 푸른 달빛을 가로지르며 그림자 하나가 떨어져 내렸다.

대략 고희쯤 되었으려나.

영호준의 앞에 모습을 드러낸 하얀색 학창의 차림의 노인은 매부리코에 나이답지 않게 매서운 눈빛을 하고 있었다. 흡사 창공을 자유로이 날아다니다 먹이를 발견한 매와 같다. 그런 느낌을 풍기고 있었다.

나이답지 않은 점은 그뿐만이 아니다.

노인의 허리는 꼿꼿했다. 여느 노인들과 달리 세월의 무게만큼의 기울기가 존재하지 않았다. 얼굴에 가득한 잔주름과 반백이 뒤섞인 수염만 아니라면 장년층이라 해도 믿을 만한 기태를 겉으로 드러내고 있는 점 역시 특이하다.

슥!

노인이 영호준에게 다가들었다. 그저 한 걸음 정도 움직인 것 같은데 단숨에 코앞에까지 이르러 있다.

"구, 구궁보다!"

영호준이 나직이 부르짖었다.

사부 운검과 함께하는 동안 자주 봤다.

비록 그가 내공을 되찾은 뒤론 더 이상 볼 기회가 없었으나 보법의 변화나 움직임이 만들어내는 잔상의 특징만은 분명할 정도로 알고 있다.

그때 노인이 불쑥 영호준 쪽으로 고개를 기울여 보이며 말했다.

"역시 화산파와 관련있는 녀석이로구나! 누구의 문하이더냐?"

"저, 저는……."

무작정 들이대는 노인의 행동에 놀라 말을 더듬거린 영호준이 곧 눈을 반짝이며 소리쳤다.

"저는 화산파의 제자가 아닙니다!"

"화산파의 제자가 아니다?"

"예!"

영호준의 대답이 떨어진 것과 동시다. 노인이 거의 숨결이 맞닿을 정도로 들이밀었던 고개를 뒤로 물렸다. 그리고 다시 움직임을 보인 보보(步步).

퍼억!

영호준이 배를 걷어차인 후 얼결에 뒤로 주저앉을 뻔했다.

현명 진인(玄冥眞人) 15

눈 깜빡할 새 벌어진 일이다.

고통이 뒤따르지 않을 수 없다. 일시 영호준은 입을 가볍게 벌린 채 잘생긴 얼굴 가득 진땀을 좔좔 쏟아냈다.

'이, 이건 표미각이다……'

노인이 한걸음 정도 뒤로 물러선 후 말했다.

"직통이구수!"

'실전에서 적은 예리한 권으로 밀고 들어오는데 이때 나는 정신을 가다듬고 손이 닿으면 구를 걸어 타격을 희석시킨다. 높게 오면 위로 걸고 낮게 오면 아래로 건… 아!'

영호준은 노인이 한 말의 뜻을 깨달았다.

그럴 수밖에 없다.

그가 내뱉은 한마디 말이야말로 태극매화권의 핵심인 팔강십이유 중 하나의 요결이었다. 운검에게 사사받은 후 하루도 빼놓지 않고 고련을 게을리하지 않았다. 이 같은 때에 깨달음이 없을 리 만무했다.

스슥!

영호준이 언제 고통으로 진땀을 쏟아냈냐는 듯 노인을 향해 파고들었다.

표표한 걸음걸이.

더불어 권각이 연달아 노인을 향하니, 팔강십이유의 요결이 줄기줄기 쏟아져 나온다. 쓸데없는 문답을 피하고 자신의 본신절학으로써 대답을 대신하려 한 것이다.

'보기 드문 문일지십(聞一知十)의 기재로다! 그런데 어째서 화산문하임을 부인하는고? 마치 북궁세가의 고얀 놈을 다시 만난 것 같지 않은가!'

노인은 내심 이채를 발하곤 극도로 간결한 움직임만으로 영호준의 맹렬한 공격을 모두 피해 버렸다. 그야말로 한 점의 바람이 되어 영호준의 주변을 여유롭게 휘젓고 돌아가는 것 같은 형상이다.

'이번엔 신행백변이다!'

영호준은 기가 막혔다. 놀라서 자칫 혀를 깨물 뻔했다. 이렇게 화산절학을 제 마음대로 사용하는 사람을 운검 외에 처음으로 본 까닭이다.

그렇다고 해서 무릎을 꿇을 생각은 없다.

그는 눈앞의 노인이 자신이 감히 상대조차 할 수 없는 절대고수란 걸 직감하고서도 권각에 더욱 전력을 다했다. 그렇게 함으로써 어떻게든 기회를 잡으려 했다.

'결국 우격다짐으로 덤벼들려는 것인가? 허허, 내 예상이 맞다면 절대 그럴 리가 없지.'

노인은 더욱 권각의 기세를 높이는 영호준을 보고 한차례 고개를 갸웃해 보였다.

단지 한 번뿐이다.

그는 곧 영호준의 심사를 눈치챘다. 어떤 마음으로 상대조차 되지 않는 무력의 차이를 줄이려 하는지를 깨달았다. 이제

거기에 맞춰주느냐 마느냐는 어디까지나 그의 선택이었다.
파곽!
파파곽!
연달아 태극매화권의 절초를 쏟아낸 영호준의 권각을 평상시처럼 피해낸 노인의 입술꼬리가 슬쩍 치켜올라 갔다. 영호준의 반응이 여태까지와 다르단 걸 눈치챘기 때문이다.
지익!
영호준이 여전히 신행백변을 펼치며 자신의 배후로 돌아 들어가던 노인을 향해 신형을 맹렬히 돌렸다. 격하게 앞으로 돌격해 들어가던 권초를 발을 앞으로 쑥 내밀어 억지로 멈춰 세운 뒤에 벌어진 일이다.
순간 노인의 입술꼬리가 조금 더 치켜올라 갔다.
"채수이입수!"
'맙소사!'
영호준이 입을 딱 벌렸다. 노인이 내뱉은 한마디로 자신이 앞으로 무슨 꼴을 당할지 단숨에 눈치채 버렸기 때문이다.
퍼억!
둔탁한 격타음과 함께 영호준이 바닥에 대자로 뻗어버렸다. 채수이입수의 수법에 완벽하게 걸려 버린 꼴이다.
'…적의 손이 들어오면 이를 낚아채어 손을 따라 들어가 방어하기 어려운 곳에서 적을 친다! 혹은 손을 돌려 걸거나

손을 따라 당긴다!'

 내심 채수이입수의 요결을 중얼거리며 영호준은 거친 숨결을 후욱 하고 입 밖으로 내뱉었다. 그게 지금 그가 할 수 있는 일의 전부였다.

 그런 그의 앞에 노인이 다가들었다. 언제 입술꼬리를 치켜올렸냐는 듯 냉엄한 눈빛이 얼음 화살이라도 되는 것처럼 영호준의 얼굴을 따끔거리게 만든다.

 "운검 녀석과는 어떤 관계이더냐?"
 "우, 운검 사부님을 아십니까?"
 "역시 그 녀석이었구나. 하긴 그놈이 아니라면 어찌 태극매화권과 육합구소신공만으로 감히 신행백변에 반격을 가하려는 정신 나간 녀석을 키울 수 있었으랴!"
 "……"

 영호준이 얼른 자리를 박차고 일어섰다. 언제 전신이 두들겨 맞아 욱신거리며 쑤셨냐 싶다. 얼굴 역시 딱딱하게 굳어 있는 게 노인의 정체를 대충 짐작한 것 같다.

 노인이 그 같은 영호준을 눈으로 살핀 후 미미하게 고개를 끄덕여 보였다.

 "그래, 네 녀석의 예상대로다. 운검은 내 제자니라!"
 "그, 그렇지만 사부님께서 사공님은 돌아가셨다고……"
 "그 녀석이 착각한 것이니라. 당시엔 그만한 사정이 있었던 것이니, 더 이상 질문은 하지 말거라."

현명 진인(玄冥眞人)

"……."

영호준이 입을 굳게 다물었다.

눈앞의 노인.

그의 말이 맞다면 사부 운검이 종종 얘기했던 화산파의 전대 장문인인 현명 진인이다.

비록 운검이 화산파와 연을 끊고 검종을 따로 세웠다곤 하나 압박감을 느끼지 않을 수 없다. 죽었던 이가 살아 돌아온 꼴이었기 때문이다.

현명 진인이 영호준의 그 같은 모습을 슬쩍 살피곤 눈살을 찌푸려 보였다.

"그런데 어째서 운검 녀석의 제자인 네가 화산파의 문하인 것을 부인한 것이더냐?"

"그, 그건……."

영호준이 잠시 머뭇거린 후 결국 마음을 바꿔 먹었다. 운검을 만난 후 벌어졌던 얘기를 털어놓기로 마음먹은 것이다. 사공인 현명 진인의 명령을 거역해선 안 된다는 판단하에.

"이건……."

매화칠검수의 수좌인 화산호검 곽철원은 어둠 속에 홀로 서성거리다 눈을 크게 떴다.

대기를 통해 일시 그의 몸에 전달되어져 온 기파(氣波)!

익숙하다.

화산을 떠나 섬서성 일대를 이 잡듯 뒤지고 다녔던 지난 반 년여간 처음으로 접한 자하신공의 기운인 까닭이다.

궁금하지 않을 수 없다.

다른 때라도 관심이 동했을 터인데, 이곳은 운검의 여동생이 산다고 알려져 있는 수해촌이 있는 장소다. 호기심에 더해 어떤 사명감에 이끌려 그는 휘하의 매화칠검수들에게서 벗어났다.

한참을 내달리자 그의 눈앞에 커다란 공터가 나타났다.

저 멀리 개 짖는 소리 또한 들려온다. 마을이 그리 멀지 않았음을 알리는 전조라 할 수 있겠다.

곽철원은 개의치 않았다. 관심조차 없었다.

그는 눈앞에서 벌어지고 있는 기경에 두 눈을 홉떴다. 대경하고 만 것이다.

"자하신… 기……."

자하신기(紫霞神氣)!

화산파 제일의 내공심법인 자하신공이 십성을 뛰어넘는 십이성의 대공을 이룩했을 때만 보일 수 있는 서기를 뜻한다. 더불어 아직 현 화산파 장문인인 운양 진인조차 이루지 못한 경지이기도 하다.

당연히 곽철원은 맨 처음 자신의 눈을 의심했다.

과거 운검이나 사조 현명 진인 외엔 이 같은 기운을 뿜어내는 사람을 본 적이 없었다. 갑자기 화산도 아닌 장소에서 자하신기를 발견했다는 건 지극히 의심스러운 상황이었다.
그러나 그는 또다시 황당한 광경을 목도하고 말았다.
묵묵히 자하신기를 일으키며 바닥에 가부좌를 틀고 앉아 있는 미청년의 연공을 돕고 있는 학창의 차림의 노인이 누구인지를 깨달은 때문이다.
'이, 이럴 수가! 사, 사조님께서 살아 계시다니! 이런 말도 안 되는 일이……!'
곽철원은 내심 중얼거리다 일시 깨닫는 바가 있었다. 전날 구마련과의 마지막 대전이 끝났을 때 전대 장문인이자 사조인 현명 진인의 시신이 끝내 수습되지 못했다는 점이었다.

'허어! 그동안 화산파에 무슨 일이 있었던고? 저놈은 필경 운양의 제자인 철원이가 분명할 터인즉! 그동안 기도가 훌쩍 성장했지 않은가?'
현명 진인은 곽철원이 부근에 도착한 걸 금세 눈치챘다.
그래도 일단 모른 척했다.
운검이 제자로 받아들인 영호준의 육합구소신공을 완성시켜 주기 위해 조금 더 시간이 필요했기 때문이다.
그렇다고 해서 곽철원의 일취월장(日就月將)한 기도와 예기를 파악치 못할 리 없다. 영호준의 운공을 돕는 한편 그는 내심 흐뭇한 마음에 미소 지었다.
정파 연합과 구정회 간에 맺어진 삼백 년간의 약속!

이를 위해 현명 진인은 지난 오 년여간 죽은 사람이 되어야만 했다. 구마련과의 정사 대결에서 당대 구정회의 회주가 죽는 바람에 그 후임을 맡아야만 했기 때문이다.

더불어 그의 생사는 철저히 비밀에 붙여졌다.

사문인 화산파 역시 마찬가지다.

그렇게 구정회의 신임 회주가 되었다.

당연히 마음속 한구석에 사문 화산파에 대한 죄책감과 미안함이 남지 않았을 리 만무하다. 특히 그가 사라진 후 애제자인 운검마저 폐인이 되어 화산파의 성세가 바닥으로 추락했기에 더욱 그러했다.

'역시 무공에 대한 깨달음이 비범하구나! 이만큼 도와줬으니, 이젠 제 스스로 진기도인을 해서 육합구소신공을 완성시킬 수 있으렷다!'

내심 영호준의 빼어난 재질에 다시 한 번 고개를 끄덕인 현명 진인이 그의 몸에서 손을 떼어냈다. 더 이상 자하신기로 도움을 줄 필요가 없다는 판단을 내린 것이다. 그리고 한 걸음을 크게 내딛자 어느새 곽철원을 향해 움직이고 있다.

스슥!

순식간에 곽철원의 지척까지 이른 현명 진인이 입가에 흐릿한 미소를 매달았다.

"허허, 생각보다 화악동천에서의 수련이 효험이 있었던 것이렷다!"

"…사조님!"

곽철원이 입안에서 맴돌던 장문인이란 말을 대신한 호칭과 함께 현명 진인 앞에 엎드렸다. 지금은 사부 운양 진인이 화산파 장문인임을 감안한 호칭이었다.

현명 진인이 그 같은 사정을 모를 리 만무하다. 내심 곽철원의 사리 분명함을 칭찬한 그가 여전히 미소 띤 얼굴을 유지한 채 말했다.

"그래, 장문인은 무탈하게 잘 있으시더냐?"

"사, 사부님은 근래 자하신공을 십성 대성하셨습니다!"

"그래?"

"예!"

곽철원의 목청 높인 대답에 현명 진인의 안색이 더욱 환해졌다.

대제자 운양.

폐인이 된 운검 이상으로 미안한 마음을 품고 있었다. 화천단도 없는 상황에서 갑작스레 화산파의 미래를 맡게 해버린 것이 못내 마음에 걸렸었다.

'그래, 본래 자하신공은 반드시 화천단의 도움이 있어야만 대성할 수 있는 건 아니었다! 누구든지 적절한 정도의 깨달음만 얻으면 완성할 수 있는 것이었어! 그걸 깨달았다니, 운양 그 아이도 이젠 명실상부한 화산파의 장문인이 되었구나!'

현명 진인은 내심 막힌 속이 뚫리는 느낌이었다.

전날.

지난 수년여간 자신을 얽매고 있던 구정회를 떠났다. 화산파를 떠났을 때와 마찬가지다. 필생의 목적을 달성할 때가 왔다는 판단에 의거한 행동이었다.

그래도 사문 화산파와 제자들이 못내 마음에 남아서 그는 마지막으로 화산을 향하고 있었다. 그곳에 들러서 자신이 그동안 얻은 심득의 전부를 전수해 준 후 길을 떠나갈 작정이었다. 그래야만 이후 진행될 일에 대해서 속 시원히 최선을 다할 수 있을 것 같았다.

그런데 지금은 아니었다.

그런 생각이 싹 날아가 버렸다. 운검의 제자인 북궁휘와 영호준을 만나고, 다시 곽철원을 만나서 화산파의 내외가 안정되었음을 들었다. 더 이상 자신이 끼어들어서 일을 벌일 여지가 없음도 깨달았다.

내심 마음을 정리한 현명 진인이 여전히 오체투지하고 있는 곽철원을 내려다보며 말했다.

"철원아, 듣거라!"

"예, 사조님!"

"저기 뒤에 있는 녀석은 운검이의 제자니라. 화산파와 무관치 않은 녀석이니, 앞으로 네가 돌봐주도록 하거라. 운검이의 의향에 맞춰서 매화검수로 키워도 좋을 것이니라."

"예."

"그리고 장문인께는 오늘 날 봤다는 말을 전하지 말도록 하거라. 이미 나는 죽은 사람이니까."

"어, 어째서……."

"거기엔 말로 하기 힘든 사정이 있느니라. 다만 후일 서패 북궁세가에 큰 변동이 있을 것이니라. 그리고 그때가 되면 화산파는 그동안 잃었던 섬서성에서의 실지를 회복할 수 있게 될 것이다."

"……."

곽철원은 잠시 이해가 가지 않았다. 그러나 반문하지 않았다. 그러기엔 지금 자신을 바라보고 있는 사조 현명 진인의 표정이 너무나 준엄했다.

곽철원의 그 같은 모습에 만족한 현명 진인이 문득 시선을 북방 쪽으로 던졌다. 얼핏 뇌리 속을 스쳐 가는 얼굴 하나.

'운검아! 내 사랑하는 제자야! 이 사부를 얼마나 원망했더냐! 또 얼마나 외로웠더냐! 하지만 사부는 또다시 네 곁을 떠나려 하는구나! 부디 이 몹쓸 사부를 용서해 주거라!'

내심의 중얼거림.

그것이 끝난 것과 동시였다.

손을 내밀어 곽철원의 머리를 한차례 쓰다듬어 준 현명 진인이 홀연히 모습을 감췄다.

비신탄영!

극한에 이른 구궁보를 펼쳐 수해촌을 떠나가 버린 것이다.

"사… 조님!"

곽철원이 그제야 땅 쪽을 향하고 있던 고개를 들어 올린 채 나직이 중얼거렸다.

눈가에 번질거리며 매달려 있는 물기.

눈물이다.

그는 사조 현명 진인이 한 말의 대부분을 이해하지 못했다. 어째서 그가 화산파를 떠나 죽음을 가장했고, 사부 운양 진인에게 자신의 생존 사실을 숨기려 하는지도 몰랐다.

다만.

그는 슬펐다. 사조 현명 진인에게서 어떤 단호한 결의를 느낄 수 있었기 때문이다. 아직 그게 무엇을 의미하는 것인지는 이해할 수 없지만 말이다.

그때 줄곧 몰아의 경지에 빠져서 운공에 집중하고 있던 영호준이 깨어났다.

어느 때보다 정명해진 눈빛.

육합구소신공을 대성했음을 보여주는 변화다.

천천히 오체투지를 풀고 자리에서 일어선 곽철원이 영호준의 그 같은 변화를 눈으로 살핀 후 천천히 다가갔다. 슬그머니 입가에 미소가 매달려 있다. 사숙 운검에게 당했던 고난을 돌려줄 희생양을 발견했기 때문이다.

"자네가 운검 사숙이 만든 검종의 대제자인 영호준이 맞겠지?"

"어찌 그런 걸……."

"나는 화산파의 대제자이자 검종의 제자이기도 한 곽철원이라네."

"화, 화산호검!"

"그래, 그렇게 불리기도 하지. 그래서 말인데, 일단 자네의 솜씨를 확인해 볼까 하는데 어찌 생각하는가?"

"그전에 사공님께서는 어디로 가셨는지요?"

"멀리."

"멀리?"

"그외엔 나도 아는 게 없다네."

"그렇군요."

영호준이 아쉬운 표정으로 고개를 끄덕여 보였다. 짧은 만남 동안 현명 진인이 그에게 베풀어준 은혜는 매우 컸다. 사부 운검이 없는 상황에서 더욱 많은 가르침을 받지 못한 점이 못내 아쉽지 않을 수 없다.

그때 곽철원이 슥 하고 다가왔다.

'구궁보!'

이미 현명 진인에게 몇 차례에 걸쳐 구타를 당한 후다. 영호준의 반응이 예전과 같을 리 만무하다.

슥!

역시 태극매화권의 보법을 펼쳐 빠르게 이동을 보인 영호준이 입가에 투지 어린 미소를 매달았다.

"벌써 시작하시려는 겁니까?"

"물론이네. 먼저 삼 초식을 양보해 줄 터이니 공격해 보게나!"

"사양치 않겠습니다!"

영호준이 대답과 함께 대성한 육합구소신공을 담은 태극매화권을 전력으로 펼쳐 냈다.

파팡!

대기가 진동한다. 강력한 권경에 반발을 보인 것이다.

'허허, 기특한 것들…….'

현명 진인은 곧바로 수해촌을 떠나지 않았다. 그냥 그런 척만 해 보이곤 다시 돌아왔다. 남겨진 곽철원과 영호준이 어찌하는지를 훔쳐보기 위해서였다.

결과는 만족스러웠다.

곽철원과 영호준의 비무는 예상 이상으로 수준이 높았다. 더 이상 화산파의 미래에 자신이 끼어들 여지가 없다는 게 다시 한차례 증명된 것이다.

'개운하구나! 이제야말로 아무런 걱정 없이 대막으로 향할 수 있게 되었어!'

현명 진인의 시선이 어느새 다시 북방 쪽으로 향했다.

정확히 대막이 있는 방면이다.

더 세밀하게 말한다면 새외무림의 정점에 위치한 대종교

의 성전이 위치한 파림고단사한이 목표였다.
'불사의 마신이라고 했더냐? 과연 정말로 죽지 않는지 내 확인해 볼 것이다! 그래서 지난 수백 년간 중원무림에 어두운 그림자를 드리웠던 불안의 근원을 뿌리 뽑고 말 것이다! 내 목숨을 걸고서 반드시!'
내심 부르짖은 현명 진인이 천천히 신형을 돌려세웠다.
대막마신!
다시 불사의 마신이라 불리는 새외의 마왕을 처단하기 위한 장도에 오른 것이었다.

     *   *   *

섬서성 서안.
살랑이는 봄바람이 빠르게 남하하고 있었다.
더불어 늦춰졌던 계절의 손바꿈 역시 근래 들어 빠르게 이뤄지고 있었다. 특히 따뜻한 봄날에 민감한 여인들에겐 더욱 크게 그 같은 변화가 영향을 끼쳤다.

"아앙! 봄이 왔는데, 여전히 이런 칙칙한 겨울옷 따위나 입고 있어야 한다니! 억울해! 분해! 화나!"
묘족 복장의 미소녀.
강북 하오문의 지낭이라 불리는 총순찰 백안천이 소금주

는 갑자기 마구 발을 구르며 소리를 질러댔다.

귀여운 얼굴이 잔뜩 상기되어 있다.

심통이 머리끝까지 치솟아올랐음이 분명하다. 그러면서도 시선은 자꾸만 주변을 지나다니는 여인네들의 옷차림을 향하고 있다. 눈매가 이미 절반쯤 하늘 쪽을 향하고 있다.

그러거나 말거나 그녀에게서 한 보가량 앞서 걷고 있는 몸매가 그대로 드러나는 붉은 옷차림의 요염한 미녀, 홍염마녀 진영언의 걸음은 빠르기만 하다. 뒤따르는 소금주가 어떤 난리를 부리든 전혀 신경 쓰는 기색이 아니다.

우뚝!

결국 소금주가 걸음을 멈췄다. 빽 하고 소리를 지르는 것 역시 잊지 않는다.

"영언 언니!"

"왜?"

진영언이 그제야 걸음을 멈췄다. 그래도 뒤를 돌아보는 시선이 곱지 않다. 소금주가 땡깡을 부리는 걸 용납하지 않겠다는 기색이다.

움찔!

소금주가 작은 어깨를 한차례 떨어 보이곤 살짝 주눅 든 표정으로 말했다.

"어째서 서안으로 오신 거예요? 절대로 서안에는……."

"운검, 그 자식이 없겠지. 만약 그 자식이 서안을 얼쩡거리고 있었다면 네가 날 찾아서 장강을 넘진 않았을 테니까."

"당연해요!"

"그래, 당연한 일이야. 하지만 너는 한 가지 내게 숨기고 있었던 일이 있었어!"

"없어요! 그런 거……."

"있어! 구마련의 대공녀인 소수여제 위소소란 계집애에 대한 거!"

"……!"

발랄, 그 자체이던 소금주의 표정이 일시 살짝 굳었다. 완전히 허를 찔린 표정이다.

그러나 그것도 잠시뿐.

곧 소금주가 표정을 화악 풀고서 다시 입가에 헤실거리는 미소를 매달았다.

"에헤헤, 그랬구나! 그래서 영언 언니가 강남을 떠난 후 이쁜 얼굴을 잔뜩 굳히고 있었던 거였어! 나는 그것도 모르고 괜스레……."

"괜스레 뭐?"

"언니의 '그날'이 좀 오래간다고 생각……."

"죽는다!"

진영언이 주먹을 불끈 쥐어서 내밀어 보이자 소금주가 얼른 양손으로 자신의 조그만 입을 막았다.

뿐만 아니라 그녀는 슬그머니 발을 놀려서 진영언으로부

터 몇 발자국 뒤로 물러서기까지 했다. 심리적인 안정을 찾기 위함일 터다. 그래 봤자 보신경의 고수인 진영언에겐 코웃음밖엔 나오지 않을 행동이지만 말이다.

　진영언이 붉은 색감이 감도는 입술에 가벼운 한숨을 매단 채 말했다.

　"후우! 그런데 어떻게 내가 섬서성 서안에서 벌어진 일을 알았는지는 궁금하지 않은 거냐?"

　"그야 현재 내 곁에 냉면삼마 어르신들이 없는 것과 비슷한 일이겠지요, 뭐. 게다가 금주가 남경에서 제법 오랫동안 처박혀 있었잖아요. 그동안 강남의 녹림을 정리하는 짬짬이 영언 언니가 강북에 사람을 풀어서 운검 가가의 행적과 관련된 사항을 탐문한 것도 무리는 아닌 것이지요."

　"잘도 아는군."

　"그럼요. 이래 봬도 금주는 강북무림에서 가장 정보에 능통한 강북 하오문의 총순찰이라구요! 그런데 영언 언니, 어째서 갑자기 소수여제 위소소에 관한 사항에 관심을 가지게 된 거죠? 역시 운검 가가는 그 구마련의 요녀와 바람이 난 건가요? 정말 그런 건가요!"

　뒤로 갈수록 소금주의 목소리가 높아졌다. 얼굴 역시 잔뜩 붉어지고 있다. 두 볼이 **빵빵**하게 부풀어 오른 것과 동시에 벌어진 일이었다.

　'쳇! 귀엽기는……'

현명 진인(玄冥眞人) 33

진영언은 소금주의 얼굴 변화를 눈으로 살피며 내심 혀를 찼다. 근래 들어 소금주와 정이 담뿍 들어버렸다. 더 이상 예전처럼 마구 화를 내고 주먹질을 해대진 못할 성싶다. 곤란하게도 말이다.
　그 같은 생각과 함께 진영언이 이제 바닥을 폴짝거리며 뛰고 있는 소금주의 머리에 꿀밤을 한 대 줬다. 내공을 주입하진 않았으나 아픔의 강도는 제법 크다.
　따악!
　"아얏!"
　소금주가 자신의 머리를 양손으로 감싸 안은 채 바닥에 주저앉았다. 벌써 커다란 두 눈에는 눈물이 그렁그렁하다. 당장 쏟아낼 것만 같다.
　그러거나 말거나 진영언이 퉁명스레 말했다.
　"운검 그 자식이 감히 날 놔두고서 다른 년하고 바람을 피울 수 있을 것 같냐?"
　"아, 아니요······."
　"그런데 어째서 그런 개 같은 말을 하는 거냐? 죽고 싶은 게냐?"
　"절대로 아니에요!"
　소금주가 마구 도리질쳤다. 언제 두 눈에 눈물을 담았냐는 듯 얼굴이 살짝 파랗게 질려 있다.
　"흥!"

나직이 코웃음 친 진영언이 그제야 불끈 힘이 들어간 주먹을 내려놓으며 말했다.
"바람 같은 게 아냐! 그냥 정파 나부랭이들이 종종 내세우곤 하는 협객으로서의 도리를 지키기 위해 운검은 그년을 쫓아간 거야!"
"그럼 역시 운검 가가는 구마련의 요녀와 함께 있는 거군요?"
"함께 있는진 모르지. 하지만 그년의 뒤를 쫓다 보면 반드시 찾을 수 있을 거야. 그러니……."
"그러니 우리의 추격은 서안에서부터 시작할 수밖에 없겠군요! 그런 거죠?"
"그래."
진영언이 고개를 끄덕여 보이자 쪼그려 앉아 있던 소금주가 용수철처럼 발딱 뛰어 일어났다.
활력(活力)!
조그만 몸 전체에서 마구 용솟음치고 있다.
"영언 언니, 우리 빨리 가요!"
"어디로?"
"당연히 감숙성 방면이죠!"
"감숙성?"
"사흘 전에 냉면삼마 어르신들로부터 연락이 왔어요. 감숙성 쪽으로 서패 북궁세가의 사단 중 하나인 북풍단이 움직이

현명 진인(玄冥眞人) 35

고 있다고요."
 "북풍단 전체가?"
 "예."
 소금주의 대답을 들은 진영언의 눈매가 살짝 가늘어졌다.
 사단.
 서패 북궁세가의 주력무투집단이다. 그중 북풍단이라면 사단에서도 전투력으로만 따지면 첫째, 둘째를 다투는 곳이라 할 만했다.
 그런데 느닷없이 북풍단 전체가 단체로 이동을 한다는 건 결코 작은 일이 아니었다. 거의 타 무림 세력과의 전쟁에 준하는 사태가 벌어졌다고 봐도 무방했다.
 '의뭉스런 계집애! 벌써 그 같은 조사를 끝마치고서도 서안에 도착하기까지 계속 시치미를 떼고 있었다니!'
 진영언은 새삼스런 표정으로 소금주를 바라봤다.
 그녀가 가진 강북에서의 정보력!
 결코 우습게볼 것이 아니다. 운검을 찾아나선 현재의 그녀에겐 더욱 그러하다.
 끄덕!
 대답 대신 진영언이 소금주에게 한차례 고갯짓을 해 보였다. 그것만으로 충분하단 생각이었다.

華山
劍宗

第七十二章

여신강림(女神降臨)
여신은 떨어져 내리고, 본능은 도망가기를 권한다

통! 통통통!

조그만 망치가 자신의 상반신을 완전히 뒤덮고 있는 마신흉갑을 두들길 때마다 운검은 몸을 움찔거리며 떨었다.

얼굴 근육 역시 마찬가지다.

마치 송충이라도 지나가는 것처럼 연속적으로 미묘한 떨림을 만들어내고 있다.

그러나 현재 운검이 느끼고 있는 고통을 감안하면 이런 건 아무것도 아니다. 마신흉갑은 자신의 본체를 제멋대로 건드리고 있는 망치에 반응하여 흉포함을 갈수록 더하고 있었다. 운검의 상반신 전체를 강침으로 마구 난자해 대고 있는 것이었다.

으득!

운검은 이를 악물었다. 그렇게라도 하지 않는다면 미친 듯이 비명을 질러댈 것 같았기 때문이다.

그렇게 지옥과도 같은 시간이 흘러갔다.

물론 운검에게만이다.

매우 다양한 방법으로 마신흉갑을 이리저리 시험해 본 귀병자가 갸우뚱 고개를 가로저으며 뒤로 물러났다. 망치로 머리통을 통통 때려대는 모습이 자못 심각해 보인다.

"허어, 이거참!"

운검이 핏발 선 눈으로 귀병자를 쏘아봤다.

"선배님, 설마 마신흉갑에 대해서 아무것도 밝혀낸 게 없다는 둥의 말씀을 하시려는 건 아닐 테지요? 지금 와서요?"

"허어, 그게 말일세……."

"말일세?"

운검의 목소리가 슬쩍 날카로워지자 귀병자가 슬그머니 고개를 반대편으로 꼬아 보였다. 그러면서도 운검의 눈치를 보는 것 같진 않다. 뭔가 다른 고민에 빠져 있는 것 같다.

'심각한가?'

운검은 천사심공을 일으키고 싶은 욕망을 꾹 눌러 참았다.

귀병자는 마지막 희망이었다.

자칭 타칭 천하제일의 교수를 가졌다고 알려진 그조차 마신흉갑을 어쩌지 못하겠다 하면 끝장이었다. 아찔했다. 평생 마신흉갑의 고통 속에 살아야만 한다는 것이 말이다.

그때 귀병자가 망치로 자신의 머리통을 통통 두드리다 갑자기 캐액 하고 비명을 터뜨렸다. 망치에 힘이 조금 과하게 들어간 것이다.

"어이쿠! 대갈빡아!"

"……"

운검은 다소 한심한 표정으로 머리를 부여잡고 바닥에 쭈그려 앉은 귀병자를 내려다봤다. 입가엔 절로 진한 한숨 하나가 머물러져 있다.

그런데 갑자기 귀병자가 자리를 털고 일어섰다. 운검을 올려다보는 눈빛이 진지하다.

"자네, 나한테 숨기고 있는 게 있지?"

"예?"

"마신흉갑을 얻기 이전에 벌어진 일 말일세!"

'귀신!'

운검은 귀병자를 인정하지 않을 수 없었다. 여태까지 어느 누구도 짐작조차 못했던 사정을 단숨에 꿰뚫어 봤기 때문이다. 당연히 표정이 슬쩍 바뀌었다.

그 모습을 면밀히 살핀 귀병자가 다시 망치로 자신의 머리를 때리려다 깜짝 놀라 손을 멈췄다. 자칫 이번에는 머리통을 완전히 박살 낼 수도 있었다.

"위험! 위험!"

얼른 망치를 바닥에 던져 버리는 귀병자에게 운검이 조심스레 질문했다.

"그게 문제인 겁니까?"

귀병자가 심통스런 표정을 던진다.

"큰 문제지! 고대마교의 삼신기란 놈들은 절대로 보통이 아니거든. 아주 미세한 차이만으로도 사람의 생사를 좌우할 만한 일이 발생할 수 있다구!"

"그럼 어찌해야 하는 겁니까?"

"일단은 나한테 아무런 숨김 없이 모든 얘기를 다 털어놔야겠지! 그게 첫걸음일 것이야!"

"……."

운검은 잠시 침묵했다. 생각을 하기 위함이다. 그리고 곧 결정을 내렸다.

"알겠습니다. 단! 후배가 한 얘기는 비밀로 지켜주시기 바랍니다."

"그만큼 중요한 일인가?"

"그렇습니다."

"그럼 알겠네. 내 약속하도록 하지."

귀병자가 고개를 끄덕이자 운검이 입을 열었다. 전날 구마련주인 구천마제 위극양을 만나 벌였던 필생의 대결과 좌절에 관해 하나도 남김없이 털어놓기 시작한 것이다.

*   *   *

 "하아아!"
 팽인영은 입 밖으로 허연 입김을 토해내며 소매로 이마를 훔쳤다.
 오똑한 콧선 밑까지 흘러내린 땀방울.
 더러워진 소매가 지나쳐 가자 검붉은 땟구정물을 만들어낸다. 덕분에 예쁜 얼굴이 단숨에 더럽혀져 버렸다.
 팽인영은 개의치 않았다.
 한숨을 돌린 그녀가 다시 지난 사흘간 줄곧 그랬듯이 옆에 박아놨던 삽을 들고 땅을 파기 시작했다. 수일 전 자신을 구하러 탄쟁협으로 향하던 중 몰살당한 귀호대 전체의 무덤을 만들고 있는 것이었다.
 '미안합니다! 정말 미안해요! 여러분들을 이렇게 만들려고 본 가에서 데리고 나온 건 아니었는데……'
 부지런히 삽질을 해대며 팽인영은 내심 계속 용서를 구했다. 수장 된 자로서 가지는 책임감 때문만은 아니다. 진실로 자신의 부적절한 판단으로 인해 귀호대 전체가 몰살을 당했다는 죄의식을 가지고 있는 까닭이었다.
 공동파에 인질이 된 이유.
 분명히 사심이 깃들어 있는 결정이었다. 그런 식으로라도

여신강림(女神降臨) 43

운검과의 약속을 지키고 싶었고, 재회의 끈을 만들어두고 싶었다. 그게 본심이었다. 자신을 말없이 믿고 따라줬던 귀호대에게 미안한 마음을 느끼는 것은 지극히 당연한 일이었다.

그렇게 속죄의 삽질이 한나절을 훌쩍 넘길 무렵이었다.

며칠간의 삽질 끝에 결국 귀호대 모두의 봉분을 만드는 데 성공한 팽인영의 아미가 상큼하게 치켜 올라갔다. 문득 자신의 배후 쪽으로 다가든 그림자 하나를 발견한 때문이다.

'고수? 공동파의 인물 또한 아니다!'

팽인영은 내심 중얼거린 후 몰래 내공을 운기했다. 당장에라도 수중의 삽을 이용해 특기인 자전십팔도를 펼칠 수 있는 준비를 끝냈다.

헛된 준비였다.

그녀가 발 뒤축을 중심으로 섬세한 신형을 돌려세우려 할 때였다. 마치 기다렸다는 듯 귓전으로 사람의 마음을 편안하게 만드는 창로한 목소리가 파고들어 왔다.

"하북팽가의 무영화 팽 소저가 맞으신가? 노부는 적이 아니니 긴장할 것 없으시네."

"……"

험악한 강호다. 무림이다.

상대방이 긴장하지 말란다고 마음을 푹 놓을 수 있을 리 만무하다. 특히 지금처럼 적지에서 새로운 강적을 만날 준비를 하고 있을 때는 더욱 그렇다.

그러나 팽인영은 삽자루를 쥐고 있는 손에서 일순 힘이 스르륵 빠져나가는 걸 느꼈다. 그냥 그리되었다. 마음 한 켠이 봄눈 녹듯이 녹아버린 것이다.
 '어떻게 이런 일이……'
 내심 경악하면서 팽인영이 신형을 돌려세웠다. 그리고 총명한 눈을 반짝거렸다. 자신보다 더욱 현기 어린 눈빛을 가진 노인을 목도한 때문이다.
 "노부는 강호의 말하기 좋아하는 사람들이 우현이라 부르는 사람일세. 혹시 들어보았는가?"
 "우, 우현 선배님이 어떻게……."
 놀란 얼굴로 슬쩍 말끝을 흐린 팽인영이 얼른 손에 들고 있던 삽을 내려놓고 정중하게 허리를 숙여 보였다.
 우현.
 배분과 명성만 따져도 조부인 무적도 팽무군에 버금가는 사람이다. 특히 팽무군은 그에 대한 평가가 후했는데, 팽인영 역시 종종 전해 들은 바가 있었다.
 '우현 선배님이 어째서 공동산에 와 계신 것이지? 혹시 새외 마도 세력들의 집결 때문인가? 하지만 그렇다면 내가 아니라 공동파의 장문인인 서화 진인이나 귀병자 선배를 찾아가야 함이 마땅할 터인데… 설마, 운 소협의 마신흉갑이나 도마제 독고천휘 선배의 장보도 때문에?'
 팽인영의 머리가 팽팽 돌아갔다. 평소 총명함을 자랑하던 그녀이나 상대는 정파무림 제일의 지자라 불리는 대인물이다. 신경이 바짝 긴장되는 것도 무리는 아니다.
 우현이 입가에 담담한 미소를 매달았다.
 "허허, 하북팽가에 한 명의 봉황이 숨어서 비상할 때만을 기다리고 있다더니, 과연 명불허전이로다! 아직 약관 정도밖엔 되어 보이지 않는데, 무공이 이미 등봉조극(登峰造極)의 경지에 이르지 않았는가?"
 "과찬이십니다."
 겸양의 말과 함께 자세를 바로 한 팽인영이 조심스런 표정을 지어 보였다.
 "선배님, 구정회의 선배님들께서 공동산에 집결하신 연유는 역시 중원까지 전화(戰火)의 불길을 끌고 가지 않기 위함이신가요? 아니면 조부님과의 의(義)를 지키려 하심이신가요?"
 "어떻게 그 같은 생각을 한 것이지?"
 "미거한 소녀가 알기로 선배님께서는 구정회의 군사 역할을 맡고 계시다 들었습니다. 그런 선배님께서 이 같은 때에 공동산에 모습을 드러내신 것이 어찌 우연이겠습니까? 필경 소녀를 찾기 전에 서화 진인을 만나셨을 거라 사료됩니다. 그런데 지난 며칠간 공동파의 방어진은 변한 것이 없군요."
 "빼어난 머리와 함께 직선적인 성격 역시 팽 회주를 닮은 것 같구만?"

"조부님께서도 종종 말씀하셨습니다. 수많은 후손들 중 소녀가 가장 자신의 기질을 많이 닮은 것 같다고요. 하지만 지금은 소녀, 그분의 곁으로 돌아가지 않으려 합니다."

"승룡비천검 운검 소협 때문인가?"

"그렇습니다. 그리고 또 한 가지!"

말끝을 슬쩍 올린 팽인영이 눈을 강하게 빛냈다.

"본 가의 귀호대가 공동산에서 전멸당했습니다! 아마도 대종교가 중심이 된 새외 마도인들의 짓이겠지요. 소녀는 이를 결코 좌시할 수 없습니다!"

"위험할 수도 있네. 대종교는 고대마교의 후예를 자처하는 자들로 중원의 정파무림 전체가 합세를 한다 해도 막아낼 수 있을지 장담할 수 없는 저력을 갖추고 있음이야."

"알고 있습니다."

"그런데도 공동산에서 한 발도 물러서지 않겠다는 것인가?"

"예!"

단호한 팽인영의 대답에 우현의 현기 어린 눈이 이채를 발했다.

담대한 기풍과 단호한 기상!

근래 이 같은 후기지수를 몇이나 보았던가. 아니, 우현의 평생 중에서도 몇 명 보지 못했던 것 같다.

'하북팽가! 무적도 팽무군이 드리운 그림자가 너무 커서 그의 이후를 걱정했거늘, 기우였던가?

내심 중얼거린 우현이 입가에 특유의 담백한 미소를 띠워 보이곤 품속에서 원통형의 죽통을 꺼냈다.

"이건……."

우현이 죽통을 팽인영에게 쥐어주며 말했다.

"청천통(靑天桶)일세. 사용 방법은 알고 있겠지?"

"금의위를 부리던 중 몇 번 사용한 적이 있습니다. 그런데 이걸 선배님이 어떻게……."

"팽 회주한테 몇 개 얻어놨었네. 지금 같은 일이 발생할 때를 대비해서 말일세. 목숨이 위험할 때 사용하게나. 그곳이 어디든 노부와 친우들이 달려갈 것인즉!"

"감사합니다."

팽인영이 청천통을 품속에 갈무리하며 다시 우현을 향해 고개 숙였다. 그가 자신에게 여벌의 목숨 하나를 맡겼음을 짐작할 수 있었기 때문이다.

그러거나 말거나 이미 우현은 그녀에게서 신형을 돌린 채 저만치 걸어가고 있었다.

전날.

공동파 장문인 서화 진인과 한 가지 약조를 한 바 있다. 오늘 팽인영을 찾아온 것은 일종의 규칙 위반이었다. 얼른 공동파의 영역에서 빠져나가려 하는 것도 무리는 아니었다.

'흐음, 그런데 과연 귀병자 그 친구가 고대마교의 삼신기에 얽혀져 있는 비밀을 풀어낼 수 있을지 모르겠구나! 대종교의 본대가 공동산으로 밀어닥치기 전에 풀어낼 수만 있다면 좋으련만. 그러면 전화를 중원까지 끌고 가지 않고서 끝낸 후 구정회의 전력을 몽땅 동원해 회주를 지원하러 갈 수도… 아니, 아니야!'

우현이 상념을 발전시키다 천천히 고개를 가로저었다.

구정회의 전대 회주 현명 진인.

그와는 거진 반생을 함께했을 정도의 막역지우다. 귀병자보다 더 오래된 사귐이었다.

더불어 그가 어떤 마음으로 사문인 화산파를 버리고 구정회의 비밀 회주가 되었는지도 짐작하고 있다. 막 화산파의 장문인에 올랐던 시절, 대종교의 제자를 자처하던 구천마제 위극양에게 당한 패배의 상처를 함께한 바 있기 때문이다.

그래서 우현은 현명 진인을 막지 못했다.

자신의 모든 것을 버리고 불사의 마신이라 불리는 대종교의 대존주를 암살하러 떠난 그의 자존심에 대한 존중이었다. 또한 아직 고대마교의 삼신기에 얽힌 비밀을 풀지 못한 것 역시 발목을 잡았다. 언제 삼신기가 깨어나서 중원을 전란의 위기로 몰아넣을지 모른다는 불안감의 발로였다.

'회주, 살아 돌아오시오! 그래서 함께 화산의 매화를 닮은 오봉을 다시 봐야만 하지 않겠소?'

내심 나직이 부르짖은 우현이 걸음을 조금 더 빨리했다.

그와 함께하고 있는 자들.

잔뜩 늙은 주제에 지나칠 정도로 기다릴 줄을 모른다.

밤.

며칠에 걸친 봉분 만들기를 끝마치고 처소로 삼고 있는 도관으로 향하던 팽인영의 눈에 이채가 스쳐 갔다.

푸른 달빛 아래.

수려한 공동산과는 어울리지 않는 마신흉갑을 착용하고 있는 운검이 서성거리고 있다. 한눈에 누군가를 기다리고 있음을 짐작하게 하는 모습이다.

'운 소협, 설마 날 기다렸던 건가?'

생각만으로 기분이 좋다. 가슴 역시 살짝 뛰어온다. 봄날에 춘풍을 만난 설익은 계집아이나 다름없다.

그러나 팽인영은 보통의 여인이 아니다. 감정보다는 이성이 발달했고, 머리 역시 총명하다. 마음속 깊숙한 곳에 품고 있는 사내가 앞에 있다 한들 쉽사리 겉으로 들뜬 기색을 드러내진 않는다.

"운 소협, 산책이라도 하고 계셨던 건가요?"

"이 늦은 밤에 말이오? 본인은 그런 이상한 취미는 없소이다."

"그럼?"

"팽 소저를 기다리고 있었소."

"아, 예……."

팽인영으로서도 더 이상은 무리다. 그녀의 맑은 두 볼이 어느새 살짝 달아오르고 있었다.

'밤이라서 다행이야……'

평소엔 전혀 관심조차 갖지 않았던 부분에까지 고마움을 느낀 팽인영에게 운검이 다가들었다. 달빛 아래 마신흉갑의 선명한 붉은색 전포가 드러나 보이고 있다.

"팽 소저, 지금부터 나는 밤산책을 가보려 하오. 같이 동행하지 않겠소?"

"밤산책……."

방금 전 운검은 분명 자신에게 늦은 밤 산책을 하는 이상한 취미는 없다고 했다. 그런데 지금은 또 함께 밤산책을 나서자 한다. 그것도 팽인영을 지금까지 기다렸다가 말이다.

충분히 격한 상상을 할 만한 상황.

팽인영은 내심 고개를 가로저었다. 잠시 뇌리 한 켠을 스며든 달콤한 상상을 외면했다. 자신을 향하고 있는 운검의 표정 속에서 다른 의도를 읽어낸 까닭이다.

"궁금한 점이 있습니다."

"말해보시오."

"운 소협은 어째서 이번 밤산책을 공동파와 함께하려 하지 않으시는 건지요?"

"이놈 때문이오."

운검은 팽인영이 녹록치 않은 상대임을 익히 알고 있었다. 그녀가 몇 가지 대화를 건너뛰었으나 그리 놀란 기색은 아니다. 오히려 편하게 됐다는 듯 그 역시 몇 개의 대화를 건너뛰어 버린다.

퉁퉁거리며 마신흉갑을 손으로 두들겨 보이는 운검을 살핀 팽인영의 눈이 반짝였다. 몇 가지 예상 가능한 일 중 한 가지가 떠오른 것이다.

"혹시 서화 장문인께서 지니신 환마혈환이 문제인 건가요?"

"그런 것 같소. 이놈이나 서화 진인의 환마혈환은 모두 고대마교의 삼신기에 속한 마물이오. 본래 그냥 놔둬도 툭하면 있는 대로 난리를 펴는 놈들인데, 함께 모이면 어떤 일이 벌어질지 모르겠소."

"이미 어느 정도 경험하신 바도 있는 것 같군요?"

"뭐! 본래 몸으로 경험하지 않고는 남의 말을 잘 믿지 않는 못된 성질머리라서 말이오."

"후후!"

팽인영이 남자처럼 웃음 지었다. 운검이 스스로를 욕하며 뒤통수를 긁적이는 모습이 꽤나 귀엽게 느껴진 때문이다.

운검이 뒤통수에서 손을 떼어내며 말했다.

"게다가 나는 본래 천산산맥으로부터 그들을 쫓아온 참이었소. 그들이 공동파로 몰려들 때까지 마냥 기다리고만 있는 것도 성격에 맞진 않는 일이오."
"그래서 이 밤중에 먼저 척후에 나서겠다는 말씀이신가요?"
"그렇소."
"그 외에 또 한 가지 이유가 있는 것 같은데요?"
"귀병자 선배를 만난 것이오?"
"아니요. 하지만 며칠 전부터 귀병자 선배님이 운 소협과 함께 시간을 보내는 일이 많아졌다는 건 알고 있었지요. 그렇다면 이유는 뻔한 게 아니겠어요?"
"뭐, 그 뻔한 이유가 맞소. 귀병자 선배는 역시 천하제일의 교수답게 마신흉갑을 벗을 수 있는 방법을 찾아내셨소."
"그런데 문제가 있군요?"
더욱 눈을 반짝이기 시작한 팽인영의 질문에 운검은 슬그머니 고개를 옆으로 기울여 보였다. 그녀가 마치 자신의 뱃속에 기생하는 회충 같다는 생각이 들었다. 천사심공을 익힌 것도 아닌 것 같은데 말이다.
'그만큼 총명절륜하단 뜻이겠지? 무공도 대단하지만 심기 역시 보통이 아닌 아가씨란 말야……'
내심 염두를 굴린 운검이 천천히 고개를 끄덕여 보였다. 그리고 말한다.
"나는 사실 마신흉갑을 벗으면 곤란한 사정이 있소. 그런데 귀병자 선배가 말씀하시길, 이번에 마신흉갑을 벗게 되면 다시 착용할 수 없게 될지도 모른다고 하시더군. 그래서 마신 흉갑을 벗기 전에 할 일을 하려는 것이오."

"그렇군요. 그럼 제 임무는 운 소협의 방수가 되는 것인가요?"

"그렇소. 해주실 수 있겠소?"

"바라던 바예요!"

팽인영이 고개를 끄덕이며 강한 목소리로 대답했다.

*　　　*　　　*

사르락! 사르락!

북궁상아는 흡사 백곰과도 같은 덩치를 지닌 백묘의 품속에 작은 몸을 파묻은 채 태평스런 표정을 짓고 있었다. 가끔씩 백묘의 목덜미를 쓰다듬는 움직임만 없다면 숙면이라도 취하고 있는 것 같은 모습이다.

멀찍이 떨어져서 그녀를 지키고 있던 살왕령주와 염왕대주가 서로를 향해 눈빛 교환을 나눴다.

"정말 저 짐승을 좋아하는군. 아주 곁에서 떼놓으려 하지를 않는 것을 보니 말야."

"아직 어린 나이지 않나? 저런 모습만 보면 전날 무차별적으로 사람을 도륙하던 살귀와 동일 인물인가 싶기도 하군."

"살귀?"

살왕령주가 염왕대주를 묘한 표정으로 바라봤다.

살왕령이나 염왕대나 마찬가지다. 사람을 잡아서 죽이는 것에는 외눈 하나 깜짝하지 않는다. 그렇게 훈련받아 왔고 살아왔다. 이제 와서 피나 죽음 따위에 마음이 흔들린다는 것은 있을 수 없는 일이다.

염왕대주의 눈빛을 받은 살왕령주가 미미하게 고개를 가로저어 보였다.

"그런 눈으로 보지 마라. 특별히 딴마음을 품은 건 아니니까 말야."

"그럼?"

"그냥 마음이 그런 것뿐이다. 나한테도 저 나이 또래의 여동생이 있었으니까."

"여동생… 어찌 됐지?"

"죽었다. 내가 살왕령에 들기 며칠 전에. 당시엔 흔한 일이었지. 수해와 병충해로 농사를 망쳐서 아이들을 서로 잡아먹는 일이 말야."

"부모한테?"

"숙부란 작자였지. 결국 내 손에 죽었지만."

"그렇군."

염왕대주가 미미하게 고개를 끄덕여 보이곤 더 이상 묻지 않았다.

구마련에 속한 마인들.

젊은 층은 대부분 불우한 가정 환경을 가진 자들이었다. 그렇지 않다면 어찌 어둠 속에서 활동하는 마도일문(魔道一門)에 발을 디뎠겠는가!

'이놈이나 나나 운이 좋았다면 정파의 협사 나부랭이가 됐을지도 몰랐을 터. 그랬다면 이렇게 반생에 걸쳐 피와 죽음만을 쫓으며 살진 않아도 됐을 것이다. 하지만 이제 와서 그런 해묵은 얘기를 나눠서 어쩌겠는가? 우리 앞에는 공동산이 있고, 곧 죽고 죽이는 싸움이 벌어질 것이다. 마도일문에 몸을 들이고서 처음으로 당당한 이름을 내건 싸움을 할 수 있게 된 거야!'

염왕대주가 내심 중얼거린 후 시선을 슬그머니 공동산 쪽으로 던지다 흠칫 어깨를 떨어 보였다. 평소 차갑게 가라앉아 있던 그의 공동 속으로 폭발적으로 파고들어 오는 검은색 인영에 놀란 까닭이다.

북궁상아는 무척 기분이 좋았다.

어째서인지는 모른다. 그냥 커다란 백묘의 품속에 푹 파묻혀 있는 지금 이 순간의 평화로움이 좋았다. 영원이 이대로 있고 싶을 정도였다.

그러나 갑자기 그녀의 백치와 같은 뇌리 속으로 강렬한 사념 하나가 파고들어 왔다.

아주 불쾌한 느낌.

그러면서도 뭔가 위기 의식을 자극한다.
마황십도의 하나인 미녀살혼을 연마하는 동안 몇 차례 느껴본 적이 없던 일을 만난 것이다. 태연히 받아넘길 수 있을 리 만무하다.
투욱!
북궁상아가 백묘의 품속에서 신형을 떼어냈다. 마치 몸무게가 전혀 느껴지지 않는 사람처럼 허공으로 둥실 몸을 띄워올린 것이었다.
빙그르르!
그녀의 신형이 공중에서 환상처럼 한차례 회전했다. 그리고 바람에 흩날리는 깃털처럼 바닥에 떨어져 내렸다. 보는 사람의 눈을 놀라게 만들 정도로 순식간에 벌어진 일이다.
살왕령주 역시 그랬다.
그는 느닷없이 백묘의 품을 떠나 자신의 코앞에 떨어져 내린 북궁상아를 다소 멍청한 표정으로 바라봤다. 그녀의 이 같은 변화를 있는 그대로 받아들이는 데 잠시의 시간이 필요했다. 누구든 그럴 수밖에 없었을 터였다.
"무슨……."
살왕령주는 자신도 모르게 입술을 떼었다. 북궁상아를 상관으로 모신 후 처음 있는 일이다. 그만큼 현 상황이 그에겐 받아들이기 힘들었다.
대답은 돌아오지 않았다.

대신 북궁상아는 움직였다. 깃털과 같은 착지와 더불어 발끝에 살짝 힘을 주더니, 곧 용수철처럼 튀어 올라왔다.

촤르륵!

바닥까지 늘어뜨려져 있던 쇠사슬이 불똥을 튀어낸다. 그 정도로 빠른 속도로 북궁상아는 이동했다. 뛰어올랐다. 마치 살왕령주를 공격해 들어가는 것처럼 그리했다.

'웃!'

살왕령주가 본능적으로 방어 자세를 취했다. 그리고 그와 동시였다.

퍼억!

살왕령주의 뒤에서 수박이 쪼개지는 듯한 소음이 터져 나왔다. 방금 전까지 염왕대주가 서 있던 장소였다.

일격!

그것만으로 족했다.

특기인 암흑마장을 펼쳐서 염왕대주의 머리통을 일격에 박살 낸 천종독심 가극염이 재차 장력을 일으켰다. 삼 보 앞에 서 있던 혈왕령주의 머리통이 목표다.

뼈밖엔 남지 않은 수장.

썩은 냄새가 진동하는 장심으로부터 검은색의 광륜이 모습을 드러냈다. 스치기만 해도 초절정고수의 호신강기를 무력화시킬 수 있는 마장이 또다시 모습을 드러낸 것이다.

그러나 가극염의 두 번째 장력은 곧 궤도 수정을 해야만 했다. 느닷없이 바닥에 거센 불똥을 튕겨내며 아래에서 위로 튀어 오른 쇠사슬에 반격당한 까닭이다.

쩡!

가극염의 암흑마장이 직각으로 바닥을 찍어눌렀다.

태산압정(泰山壓頂)?

그와 비슷하나 위력이 다르다. 일시 그가 직각으로 내려찍은 암흑마장에 의해 대지가 상당한 크기의 균열을 만들어냈다. 그 정도의 위력이 담긴 일격이었다.

흙먼지 역시 튀어 오른다.

일시 가극염의 시야를 가리기에 충분할 정도다. 일반적인 시각을 지닌 자라면 분명 그러할 터였다.

바로 그 속에서 변화가 일어났다.

기습적으로 쇠사슬에 전신을 휘감은 북궁상아가 튀어 올라왔다. 암흑마장의 강력한 일격을 유령이나 다름없는 신법으로 회피하는 것이다.

쉬쉭!

쇠사슬이 교묘한 각도를 이룬다.

목표는 흙먼지에 시야가 가려진 가극염의 목덜미다. 여태까지 으레 그랬듯이 단숨에 가느다란 목덜미를 휘감아 반 토막으로 잘라 버리려 한다. 애초부터 그렇게 정해졌던 것처럼 말이다.

그러나 다시 상황이 바뀌었다.

패앵!

일순 자욱한 흙먼지 속에서 뼈밖에 남지 않은 앙상한 수장이 튀어나왔다. 기괴한 각도를 이루며 회전하던 쇠사슬을 휘어잡았음은 물론이다.

그에 따라 공중에 부웅 뜬 채로 균형을 잃어버린 북궁상아!

그녀의 작고 섬세한 신형이 가극염 쪽으로 맹렬한 속도로 당겨져 갔다. 폭풍에 휘말린 일엽편주(一葉片舟)나 다름없다. 그런 모양새가 되어버렸다.

그러나 상황의 변화는 그것만으로 끝이 아니었다.

빙글!

쏜살같이 가극염 쪽으로 끌려가던 북궁상아의 신형이 공중에서 회전을 일으켰다. 당겨지는 속도를 오히려 더욱 높였다. 그래서 순식간에 가극염의 배후 쪽으로 방향을 돌려 버렸다.

패앵!

삽시간에 공수(攻守)가 바뀌었다.

쇠사슬을 휘감은 가극염의 수장과 함께 목젖이 동시에 결박되어졌다. 쇠사슬에 완벽하게 휘감겨 버리고 말았다. 마치 자기 스스로 그런 꼴을 자행한 것처럼 말이다.

"마황십도… 대종교의 마학(魔學)은 정말로 대단하군. 이런 말도 안 되는 움직임이 가능하다니……."

"냐아……."

마황십도 중 살법의 일좌인 미녀살혼을 속성으로 연마한 북궁상아다. 부작용이 없을 리 만무하다. 그녀는 미녀살혼이 완벽해질수록 거의 백치에 가깝게 변해갔다. 시력이 어느 정도 회복된 지금 역시 마찬가지다.

그녀는 일반적인 사람과의 대화를 잃어버렸다.

영혼의 주인이자 대사형인 사우영 외 사람의 말엔 상당한 거부감을 일으키곤 한다. 휘하에 소속된 살왕령과 염왕대의 무사들이 대화를 전음입밀로 나누곤 하는 이유였다.

당연히 지금 북궁상아가 입을 벌린 건 가극염의 중얼거림에 대한 대답이 아니었다. 완벽하게 미녀살혼의 살법을 완성시켰음에도 자신의 뜻대로 가극염의 목을 자를 수 없는 현 상황에 대한 당황감의 한 표현이었다.

단단히 옥죄어져 있는 가느다란 쇠사슬!

그사이에 가극염의 손이 끼워져 있다. 역시 거진 절반쯤 썩어서 살점이 드문드문한 목이 절단되는 걸 억지로 막고 있다. 그런 상황에서 그는 혼잣말까지 지껄인 것이다.

여력이 남아 있다는 뜻.

북궁상아는 이성으로 판단하지 않았다. 살법의 화신으로서의 위기관리 능력을 발동시켰다. 여태까지 만났던 상대와 전혀 다른 우월한 존재로서 가극염을 인식했다. 대응이 달라지지 않을 수 없다.

뚜둑!

북궁상아가 일부러 쇠사슬을 휘감은 자신의 양팔을 탈골시켰다.

그렇게 함으로써 쇠사슬과 자신 간의 간격을 만들어냈다.

빙글!

그리고 공중에서 다시 신형을 회전시킨다. 가극염의 척추 끝에 닿아져 있던 발끝을 돌려서 쇠사슬 사이에 끼워 넣었다. 양손보다 월등히 강력한 힘을 보유한 허벅지 사이에 가극염의 목을 끼워 넣은 것이다.

주무기인 쇠사슬을 포기한 또 다른 살법!

반드시 가극염을 죽이고야 말겠다는 의지의 일격이다. 양패구상을 각오한 수법이었다.

그러나 가극염에겐 아직도 남은 손이 하나 더 있었다.

콰득!

가극염의 목을 옥죄어오던 허벅지 중 하나에서 피보라가 터져 나왔다.

응조(鷹爪)!

매의 발톱과 같이 네 개의 손가락이 백설 같은 살결을 난자한다. 그렇게 함으로써 목을 압박해 들어오는 죽음의 그림자에서 벗어나려 했다.

그 밖에 또 있다.

지독한 고통으로 인해 북궁상아의 허벅지 조임이 힘을 잃자 가극염의 손이 이번엔 호조(虎爪)의 변화를 취했다. 순식간에 허벅지를 훑으며 밑으로 내려가더니 한 손에 쏙 들어오는 발목을 틀어쥐었다. 그리고 강하게 내동댕이쳐 버린다.

"아……."

북궁상아가 입을 가볍게 벌린 채 공중으로 날아올랐다. 백치나 다름없는 두 눈이 크게 흔들린다. 이미 가극염의 호조를 통해 쏟아 부은 암흑마장의 내경에 내부가 심하게 흔들려 버렸음이 분명하다.

쿵!

결국 낙법조차 펼치지 못하고 바닥에 널브러졌다. 즉사한 것 같다.

"으!"

살왕령주가 나직이 신음했다.

북궁상아와 가극염 간에 순식간에 벌어진 교합!

그의 수준으론 눈으로 따라잡기도 힘들었다. 그러나 방금 전 자신이 지옥문을 바로 한 걸음 앞두고서 멈춰 선 건 알 수 있었다.

그러나 그는 북궁상아가 일패도지한 광경을 목도하고서도 가극염에게 곧바로 달려들 수 없었다. 두려워서가 아니다. 자신이 앞에 두고 있는 요괴 같은 외모의 인물이 누구인지 짐작해 낸 명석한 두뇌 때문이다.

'저분은 사대마종의 수좌이신 천종독심 가극염 마종이시다! 감히 나 같은 조무래기가 대항할 수 있는 분이 아니야! 하지만 나는……'

살왕령주의 시선이 염왕대주의 목이 날아간 시신과 바닥에 널브러져 힘겹게 호흡을 고르고 있는 북궁상아를 살폈다. 연달아 그들의 비참한 모습을 두 눈 속에 담아간 것이다.

이성?

어떤 때는 감성에 의해 잠식되어 버린다. 냉정하게 사람의 목숨을 거두는 살수의 삶을 살아온 살왕령주 같은 사람 역시 예외는 아니다.

'내가… 이런 곳에서 죽게 되는 것인가?'

다시 북궁상아 쪽을 눈으로 살핀 그의 입가에 흐릿한 미소가 매달렸다.

이런 죽음.

일평생을 살수로 살아왔던 자신에게 나쁠 것이 없다는 생각이 든다. 분명 그랬다. 그런데 갑자기 그의 표정이 변했다. 이상한 생각이 든 까닭이다.

'살왕령의 살수들은 그렇다 치고 어째서 염왕대가 아무런 움직임을 보이지 않는 것인가? 자신들의 대주가 목숨을 잃었으니, 최소한 포위진이라도 펼쳐서 가극염 마종의 퇴로를 봉쇄해야 마땅할 터인데……'

생각해 놓고도 우습긴 하다.

감히 현존하는 구마련 최강의 고수인 천종독심 가극염의 퇴로를 봉쇄하려 하다니!

하지만 그게 옳았다. 그렇게 구마련에 속한 무투조직들은 가르침받았고, 행해왔다. 어떤 경우에도 예외란 존재하지 않았음은 물론이다.

그런 의문과 함께 살왕령주가 북궁상아를 보호하기 위해 그녀의 앞으로 이동하려 할 때였다. 일시 그의 차갑게 가라앉아 있던 동공이 크게 확대되었다.

강렬한 존재감을 드러내고 있는 가극염!

그의 머리 위로 한 명의 여신(女神)이 강림하고 있었다.

소수여제 위소소.

한때 구마련에 속한 모든 마인들과 무사들의 구원이자 희망이었던 그녀가 등장한 것이다. 가극염이 만들어놓은 지옥도를 전혀 개의치 않고서 말이다.

"어, 어떻게……."

자신도 모르게 말을 더듬던 살왕령주의 신형이 가볍게 흔들렸다.

피잉 하고 머리가 도는 느낌.

더불어 방금 전까지 그의 뇌리 속에 머물러 있던 인간적인 감정이 빠르게 소멸되어 버렸다. 더 이상 친우 염왕대주의 죽음이나 북궁상아에 대한 감정상의 찌꺼기가 뇌리 속에 남지 않게 되어버린 것이다.

여신강림(女神降臨) 65

"냐아……."

북궁상아는 대지 위에 몸을 뉘인 채 백치 같은 눈을 몇 차례에 걸쳐 깜빡거렸다.

내부로 침투한 암흑마장의 내경!

웬만한 강기공조차 흘려 버릴 수 있는 북궁상아의 체술을 붕괴시켜 버렸다. 미녀살혼의 살법이 강력한 호신기공을 기반으로 완성된 것이 아니기에 어쩔 수 없는 상황이겠다.

그러나 딱히 북궁상아의 상태가 심각한 것도 아니다.

그녀는 이지를 잃는 것으로 명경지수(明鏡止水)를 뛰어넘는 마음의 평안을 이뤘고, 보통의 인간보다 훨씬 통각이 무뎌지게 되었다. 범인이라면 당장 사경을 헤매게 되었을 정도의 중상을 당한 상황에서도 의식을 잃지 않을 수 있던 건 바로 그 때문이었다.

더불어 그녀의 이 같은 특성은 순식간에 살왕령과 염왕대 전체의 정신을 굴복시킨 소수현마경의 감응력으로부터도 벗어나게 만들었다.

상극.

위소소와 북궁상아가 그러했다. 그리고 그 같은 특이한 상황이 북궁상아를 움직이게 만들었다. 살왕령주의 죽음이 만들어준 잠깐의 틈을 이용한 도주를 가능케 한 것이다.

슉!

북궁상아는 하늘에서 떨어져 내리며 자신을 향하고 있는 한성처럼 차갑고 아름다운 시선을 피해 도망쳤다. 머리로 생각한 것이 아니다. 본능적으로 그리했다.
 메에!
 또다시 주인을 잃었음을 눈치챈 것인가!
 멀리서 백묘가 구슬픈 울음을 터뜨렸다. 그게 북궁상아를 잠시 머뭇거리게 만들었다. 단지 그뿐이었다. 곧 그녀는 자신의 본능에 순응했다.

第七十三章

심중족쇄(心中足鎖)
마음속의 족쇄가 풀렸으니, 이젠 자유로울 수 있다

華山
劍宗

우뚝!

운검은 쏜살이나 다름없던 신형을 갑자기 멈춰 세웠다. 갑자기 지잉 하고 머리가 울려왔기 때문이다.

이 같은 느낌.

과거 한차례 경험해 본 적이 있다. 갑자기 떠올리려니 기억이 가물가물하긴 하지만 말이다.

'언제였더라……'

운검은 지끈거리는 두통을 참으며 염두를 굴렸다. 사유의 바닷속으로 함몰해 들어갔다. 그러나 그리 오랫동안 그 상태를 유지하진 못했다. 그의 뒤를 바짝 쫓아오던 팽인영이 어느새 바짝 다가선 까닭이다.

"운 소협?"

팽인영의 한마디가 운검을 사유의 바닷속에서 빠져나오게 만들었다. 그리고 어느새 현실이 눈앞에 다가와 있다.

"팽 소저······."

운검을 살피는 팽인영의 눈에 이채가 스쳐 간다.

"갑자기 멈추신 데는 까닭이 있는 것이군요?"

'역시 쉽지 않은 여인이군. 눈치가 지나칠 정도로 빨라.'

내심 중얼거린 운검이 천천히 고개를 끄덕였다. 여전히 머릿속 한 켠이 울리고 있긴 하나 더 이상 사유에 몰두하며 옛 기억을 더듬을 여유가 없었다.

"아무래도 부근에서 이변이 벌어진 것 같소."

"이변?"

"굳이 천시지청술을 펼치진 마시오. 일반적인 무학의 경계에 속하지 않은 일이니까."

"······."

팽인영은 침묵 속에 고개만 끄덕여 보였다.

전날.

그녀는 운검이 지닌 기묘한 능력을 경험한 바 있었다. 자신보다 월등히 뛰어난 무공을 지녔다는 것 역시 알고 있었다. 이런 경우 그가 하는 말에 특별한 이유가 있다는 것을 외면할 이유는 없다.

운검은 그 같은 팽인영의 태도에 감사의 눈빛을 던진 후 다시 사유의 영역 속에 한 걸음 발을 내딛었다. 그렇게 함으로써 울림의 의미를 확인하려 했다. 그게 지금 가장 중요한 일이란 판단을 내린 것이다.

옳은 결단이었다.

잠시의 시간이 흐른 후 운검의 눈 깊은 곳에서 맑은 신광이 흘러나왔다.

붉고 상서로운 기운.

마신흉갑의 기운을 억누르고 있는 자하신공의 발현이다. 그것도 정신을 맑게 해주는 기운이 함유되어 있는.

'저런 신비로운 눈빛이라니!'

내심 팽인영이 감탄성을 토한 것과 동시다. 곧 눈빛을 거둬들인 운검이 그녀에게 진중한 기색으로 말했다.

"이변의 원인을 찾아낸 것 같소. 위험할지도 모르는데 괜찮겠소?"

"이런 곳까지 와서 할 소리는 아닌 것 같군요."

"괜찮다는 대답으로 생각하겠소."

"물론이에요."

팽인영이 대답한 것과 동시에 운검이 다시 신형을 공중으로 뽑아 올렸다. 다시 사유 속에 파고들어 발견해 낸 진실이 옳은지 확인하기 위함이었다.

"아……."

북궁상아의 입 밖으로 가벼운 신음이 흘러나왔다.

여전히 보통 사람의 시력으로 따라잡을 수 없을 정도의 움직임이나 처음보다 현저히 속도가 떨어졌다. 만약 미녀살혼의 살법에 의한 은신법이 자연스레 전개되고 있지 않았다면 단숨에 추격당하고 말았을 터다.

그래도 입을 벌려선 안 되었다.

고통을 참고서 어떻게든 조금이라도 더 먼 곳으로 떠나야만 했다. 아직 사지(死地)를 벗어나기엔 상당히 이른 시간이었기 때문이다.

하지만 북궁상아는 백치나 다름없는 상태였다.

여전히 철저할 정도로 미녀살혼의 살법에 의해 움직이고 있긴 하나 이성의 지배를 받고 있는 건 아니었다. 미녀살혼을 연마한 후 처음으로 당한 지독한 상혼을 정신력만으로 참아내기엔 무리가 있는 게 당연했다.

고통을 느끼자 입이 벌어졌다. 신음 역시 자연스레 튀어나온다. 그리고 그게 원인이 되었다.

스스슥!

북궁상아가 토해낸 신음의 여운을 쫓아서 순간적으로 하나의 귀영이 모습을 드러냈다. 주인인 위소소가 살왕령과 염왕대를 소수현마경을 이용해 수습하는 동안 뒤처리를 하러 나선 가극염이었다.

"훌륭했다!"

"냐……."

순간적으로 북궁상아의 배후를 덮쳐온 가극염의 뼈만 남은 손바닥이 활짝 펼쳐졌다.

장심(掌心).

그 속에서 맹렬한 검은 기운이 일어났다. 압도적인 위력을 지닌 암흑마장이 또다시 북궁상아를 노리며 일어난 것이다.

스르륵!

북궁상아의 위험 본능이 다시 빛을 발했다. 그녀는 암흑마장이 자신의 전신을 에워싼 것과 동시에 신형을 찰싹 바닥에 붙였다. 그리고 앞으로 내달렸다. 보통의 신체 구조를 지닌 인간이라면 도저히 보일 수 없는 묘기다.

그러자 그녀가 위치해 있던 바닥이 일시 움푹움푹 패어져 들어갔다. 암흑마장의 강력한 위력이 땅거죽을 마치 천재지변처럼 들추고 뒤집어서 산산조각 내버렸다.

물론 북궁상아가 당하고만 있을 리 없다.

일시 암흑마장의 기습을 묘기 대행진과 같은 기괴한 신법으로 피해낸 그녀의 신형이 풀쩍 위로 뛰어올랐다. 역시 사람의 판단력을 단숨에 붕괴시켜 버리는 기괴한 움직임이다. 더불어 소름 끼칠 정도의 속도 역시 가미되었다.

촤륵!

북궁상아의 양손을 휘감고 있던 쇠사슬이 일시 풀려 나왔다. 암흑마장을 발출한 가극염과의 간격을 극단적일 정도로 좁혀가며 벌어진 일이다.

'드디어 숨겨놨던 한 수를 사용하기로 작정한 것인가?'

가극염의 입술꼬리가 슬쩍 치켜 올라갔다.

더불어 그의 신형이 고속의 움직임을 보였다. 일반인의 눈으로는 도저히 따르지 못할 만한 속도다. 그래서 마치 갑자기 모습이 사라진 것 같았다. 그 정도의 빠르기를 이용해 자신에게 반격을 가한 북궁상아의 쇠사슬을 피해냈다.

"냐……."

북궁상아는 긴장하지 않았다. 본래 그런 걸 할 줄 모른다. 단지 그녀의 몸속 깊숙이 각인되어 있는 미녀살혼의 살법이 움직임을 이끌었다.

촤르르륵!

강력한 반격이 실패로 돌아가자 북궁상아가 자신의 전신을 손목에서 벗어난 쇠사슬로 휘감았다. 커다란 원을 그린 쇠사슬로 일시 강력한 철벽을 만들어냈다.

자신의 몸을 지키기 위한 최소한의 위험 본능의 발동!

그러나 바로 그때다. 또다시 가극염의 장심을 떠난 암흑마장의 검은 기류가 강철의 벽을 때렸다. 아니, 순식간에 산산조각으로 박살 내버렸다.

"아악!"

북궁상아의 입에서 고통에 찬 비명이 터져 나왔다. 그녀가 만들어낸 강철의 방어벽을 박살 내고도 위세가 등등했던 암흑마장의 기류가 옆구리를 스친 것이다.

그것만으로 가극염이 만족했을 리 만무하다.

그는 또다시 눈으로 확인하고도 믿기 어려운 고속의 신법을 펼쳐서 바닥에 고양이처럼 널브러진 북궁상아 앞에 이르렀다. 하늘을 향해 치켜올려진 그의 장심엔 여전히 암흑마장의 기운이 서려 있다. 이제 완전히 무방비 상태에 빠진 북궁상아이니, 일격만으로 죽음에 이르게 만들 수 있을 터였다.

그런데 이게 어찌 된 일인가!

막 거친 숨을 헐떡이고 있는 북궁상아를 노리며 일격을 가하려던 가극염이 분신을 일으키며 옆으로 몇 걸음 물러섰다. 아니, 그것만으로 끝이 아니다.

그는 신형을 이동시키자마자 암흑마장이 깃든 두 개의 수장을 재빨리 천지개정의 자세로 만들었다. 그렇게 함으로써 어떤 공격에도 자신을 완벽하게 지키게끔 했다. 여태까지 그가 보였던 놀라운 무위를 생각한다면 이해가 쉽지 않을 듯한 모습.

그때 눈부신 검기가 그를 노리며 폭출되었다.

자하의 광채!

바로 화산파 비전의 자하구벽검의 검기가 그를 노리며 파고든 것이다.

운검의 손.

어느새 대원금도가 들려져 있다. 북궁상아의 비명을 파악하자마자 빼 든 것이었다.

특이한 점은 대원금도의 일 척도 안 되는 도신이 삼 척가량 길어져 있다는 거다. 붉은색 자하의 검기가 모여서 일종의 검강(劍罡)을 형성한 것이었다.

노리는 바가 없을 리 만무하다.

그는 단숨에 자하구벽검을 펼쳐서 가극염을 몰아붙인 직후였다. 언제든 다시 그를 공격해서 천지개정의 자세를 깨부수고 목숨을 거둘 수 있음에 대한 경고를 보내지 않을 수 없었다.

가극염의 입술꼬리가 또다시 슬쩍 치켜 올라갔다.

"놀랍군! 적벽에서 이 먼 곳까지 쫓아오다니······."

"위 소저는 어디 있지?"

"위 소저?"

반문과 함께 가극염이 두 눈을 마광으로 번뜩였다.

"감히 정파의 애송이가 주인의 이름을 거명하다니, 무엄하구나!"

'주인?'

운검은 가극염의 변한 모습에 내심 크게 당황한 상태였다. 그와는 초면이 아니기에 얼굴의 거의 대부분이 썩어버린 현 모습에서 과거를 더듬기가 그리 쉽진 않았다.

그래도 가극염의 암흑마장은 여전히 인상적이었다. 끔찍한 위력과 함께 지독한 마기를 운검에게 던져 주고 있었다. 비록 일시 기습해서 뒤로 물러서게 만들긴 했으나 결코 우위를 점했다는 생각이 들지 않았다. 대원금도를 쥔 손을 타고 올라온 저릿한 느낌이 이를 뒷받침했다.
 더군다나 운검은 가극염과 위소소와의 관계에 의구심을 품고 있었다. 특히 지금처럼 위소소를 크게 존중하는 기색이 완연한 말을 듣고 보니, 더욱 그런 생각이 들었다.
 운검이 잠시 머뭇거리자 가극염이 슬그머니 천지개정의 자세를 풀어 보였다.
 방어.
 그다음은 공격이다. 운검의 자하구벽검은 이미 전날 경험한 바 있었다. 이렇게 계속 시간을 끌고 있을 까닭이 없었다.
 '게다가 주인은 저 녀석한테 은근히 마음이 있는 모습이었다. 이러한 때에 주인과 저 녀석을 만나게 하는 건 위험해. 자칫 불완전한 소수현마경이 저 녀석의 천사심공에 의해 붕괴를 일으킬지도 모르니까······.'
 가극염의 뇌리를 순간적으로 스쳐 간 생각이다.
 우연이랄까?
 하필이면 운검이 천사심공을 일으킨 것 역시 바로 그때였다. 전날과 달리 가극염의 생각이 빠짐없이 머릿속으로 전해져 오자 운검의 두 눈이 깊어졌다.

"위 소저를 내놔라!"

"시끄럽다!"

가극염이 차가운 일갈과 함께 번개같이 운검을 노리며 파고들었다.

북궁상아를 빈사 상태에 빠뜨린 예의 신법!

그의 신형이 이번 역시 잔상조차 일으키지 않고 사라졌다. 순간적으로 운검의 자하구벽검의 검권을 벗어나 배후 쪽으로 돌아 들어간 것이다.

그러나 운검은 지금 천사심공을 개방한 상태였다. 그의 놀라운 신법에 조금 놀랐기는 하나 단지 그뿐이었다. 어디를 목표로 움직였는지를 미리 알기에 그냥 먼저 검강을 뿌려냈다. 빨리 싸움을 끝내야만 했기 때문이다.

번쩍!

자하의 검강이 운검의 배후 쪽으로 뻗어나갔다.

십년마일검!

천하의 어떤 쾌검조차 우습게 만들어 버릴 쾌속의 검강이 소리조차 뒤로 밀어냈다. 그 정도의 속도로 배후를 파고들던 가극염을 찔러 들어갔다.

"크헉!"

비명이 터져 나왔다. 그보다는 목구멍에서 가래가 마구 끓어오르는 것 같은 소리다.

손맛 역시 있었다.

무언가를 꿰뚫은 직후에 느낄 수 있는 느낌이다.

그럼에도 불구하고 운검은 대원금도를 회수하는 대신 곧바로 신형을 거꾸로 회전시켰다. 놀랍게도 다시 자신의 뒤통수를 노리며 파고든 암흑마장을 피하며 대원금도를 아래에서 위로 그어 올려버린 것이다.

푸확!

일순 폭포수와 같은 피의 기둥이 하늘로 치솟아올랐다.

검은 피다.

가극염의 겉가죽뿐 아니라 몸속을 따라 돌고 있던 피 역시 고름으로 뒤덮여 있었음을 말해주는 결과였다.

"아아……."

갑자기 신법의 속도를 높인 운검의 뒤를 힘겹게 쫓아온 팽인영의 총기 어린 두 눈이 동그래졌다.

전광석화(電光石火).

그 외엔 달리 표현할 수 없을 정도다. 그런 싸움이 그녀의 눈앞에서 방금 벌어졌고, 끝났다. 여인이기 이전에 한 사람의 무인인 터라 경악하지 않을 수 없었다.

그런 팽인영에게 운검이 시선을 던져 왔다.

"팽 소저, 내가 아는 여인이오. 상세가 심한 것 같으니, 대신 봐줄 수 있겠소?"

"……."

팽인영의 시선이 그제야 운검을 떠나 한쪽에 피바다를 이루며 널브러져 있는 북궁상아를 향했다.

상처 입은 고양이.

딱 그 같은 모습으로 북궁상아는 몸을 웅크리고 있었다. 어찌나 큰 상처를 입었는지 완전히 정신을 잃어버린 모양새다.

'피를 저렇게 많이 쏟다니… 당장 손을 쓰지 않으면 죽을지도 모르겠구나…….'

팽인영은 한눈에 북궁상아의 상세가 심상치 않다는 걸 눈치채고 얼른 그녀 곁으로 다가갔다. 운검에게 친히 부탁을 받은 이상 최선을 다해 구할 작정이었다.

그때 조금 착잡한 표정으로 가극염의 목이 사라진 시신을 바라보던 운검이 다시 신형을 날렸다. 그의 머리통을 자하의 검강으로 박살 내기 직전 받아들인 정보를 지금 당장 확인해야만 했기 때문이다.

"운 소협……."

처음 생각보다 심각한 북궁상아의 부상에 눈살을 찌푸리고 있던 팽인영이 운검 쪽에 시선을 던지다 내심 고개를 가로저었다. 그제야 그가 이미 다른 곳으로 떠났음을 깨달았다. 점차 벌어지는 것 같은 무공의 격차에 묘한 상실감을 느끼지 않을 수가 없었다.

* * *

휘오오오!

바람이 강하다. 흡사 당장에라도 작은 꼬맹이쯤은 하늘 저 높은 곳으로 날려 버릴 것만 같다.

그 같은 바람 속에 문득 자리를 털고 거대한 덩치를 일으킨 사우영의 시선이 어둠만이 자욱한 야천의 한곳을 향했다. 언제나 여유가 넘치던 얼굴 한 켠에 슬쩍 어두운 기색이 스쳐간다. 얼굴을 가로지른 검상의 꿈틀거림이 만들어낸 변화다.

'현 공동파에 마황십도의 하나를 완성한 자를 위협할 만한 자가 있었던가?'

정파의 무공.

특히 구대문파나 사패의 무공이라면 대종교에서도 지난 수백 년간 꽤나 많은 연구가 있었다. 중원을 둘러싼 새외 무림을 일통한 직후부터 언제가 됐든지간에 반드시 진출할 것을 확실시 여기고 있었기 때문이다.

더군다나 사우영은 대종교의 대존주이자 새외 무림의 살아 있는 신이라 불리는 대막마신의 당대 수제자였다. 지난 수백 년간 줄곧 대종교를 지배해 온 대막마신이 인정한 인재 중의 인재인 것이었다.

당연히 야심이 없을 리 없다.

마황십도 중 세 개를 완성한 후부터 줄곧 중원을 꿈꿔왔다. 사부 대막마신조차 이루지 못한 중원정벌을 자신의 대에서 이루기 위해 중원의 유명한 무공이란 무공은 모조리 분석한 바 있었다.

그런 그에게 있어 공동파는 그리 신경 쓰이는 상대는 아니었다. 그냥 중원으로 들어서기 전에 박살 내야만 할 방해물 정도로 생각되고 있었다. 만약 그렇지 않았다면 북궁상아를 먼저 척후로 보내는 일은 벌이지 않았을 터였다.

'그런데 어째서 그 아이와의 심령상의 연결 고리에 문제가 생긴 것이지? 이런 현상은 대법이 깨지거나 심각한 중상을 당하지 않고선 있을 수 없는 일인 것을.'

청춘?

사우영에겐 사치스런 말이었다. 더불어 여인과의 교제 역시 없었다. 그저 중간에 스쳐 간 춘정(春情)이 전부였다. 그렇지 않고선 대막마신의 수제자 자리를 유지할 수 없었다.

그런 그가 바뀌었다.

바로 북궁상아를 만나 미녀살혼을 가르치면서부터였다.

미녀살혼을 강제로 주입당한 후유증으로 이지를 잃어버린 북궁상아에게 있어 사우영은 부모 이상이었다. 영혼의 주인이자 천지간 유일의 친인이라 할 수 있었다. 그렇게 여기고 행동해 왔다.

사우영 역시 마찬가지다.

그 역시 자신을 아무런 조건이나 의심없이 따르는 북궁상아에게 마음을 허락하지 않을 수 없었다. 그녀를 진심으로 아끼고 사랑하게 된 것이다.

 그래서 지금 사우영은 마음이 크게 불안했다. 언제나와 같이 철혈의 모습을 유지할 수 없었다.

 그때 사우영의 배후로 두 명의 마종이 다가들었다. 그의 명에 의해 공동산 부근의 모든 문파를 합병하거나 피바다로 만들고 돌아온 살왕 포진과 염왕귀수 노홍이었다.

 "주인, 노부가 살왕령의 살수들을 이끌고 무위(武威)의 무종관(武宗館)과 고랑(古浪)의 노룡문(怒龍門), 민악(民樂)의 이가보(梨家堡) 등을 몰살시키고 왔소이다!"

 "주인, 노부는 염왕대와 함께 창해표국과 오가권(五家拳)을 쓰는 놈들을 몰살하고, 백은(白銀) 일대의 마적 떼를 병탄했소이다. 쓸만한 놈들 몇을 그곳에 남겨뒀으니, 며칠 사이에 공동산으로 몰려올 것이외다!"

 포진과 노홍의 잇단 보고에도 사우영은 시선 한 번 던지지 않았다. 여전히 시선을 야천 쪽으로 던진 채 침묵을 지키고 있었다.

 "주인?"
 "주인?"
 포진과 노홍이 재차 부르자 사우영이 손을 들어 올렸다. 마치 자신을 방해하지 말라는 것 같은 모습이다. 양대마종의 놀라운 공적조차 지금의 그에겐 눈에 들어오지 않는 것 같았다.

 포진과 노홍의 안색이 슬쩍 변했다.

'여태까지의 주인과 다르다!'
 '태산이 무너져도 외눈 한 번 깜빡이지 않을 철혈의 사나이라 여겼거늘…….'
 눈앞의 사나이.
 이미 구천마제 위극양과 동일한 무게를 지닌 주인으로 결정 내렸다. 그만한 그릇이란 판단을 내린 까닭이다.
 당연히 이제 와서 조금 서운하게 대한다 해서 군소리를 하거나 크게 마음을 바꿀 순 없었다. 그런 싸구려의 감성으로 구마련 전체를 맡긴 것은 아니었다.
 자신들의 커다란 공적에 대한 포상이나 상찬의 말이 없는 것에 마음이 조금 상하긴 했으나 양대마종은 그냥 묵묵히 감내했다. 반드시 뭔가 이유가 있으리란 판단이었다.
 그렇게 한참의 시간이 흘렀을 때였다.
 비로소 시선을 야천 쪽에서 떼어낸 사우영이 거대한 신형을 돌린 후 양대마종을 바라봤다. 처음, 그들에게 충성 맹세를 받아냈을 때와 전혀 변함이 없는 눈빛이고 표정이다.
 "계획을 수정해야겠소이다."
 "어떻게?"
 "지금까지 병행했던 감숙성 일대의 문파 정리를 이쪽에서 멈추고, 내일부터는 곧바로 공동산으로 진격해 들어갈 것이오!"
 "그리되면 후방을 타격당할 염려가 있습니다만?"

"공동파가 멸문당한 이후 감숙성에서 날뛸 만한 문파나 무림 세력이 남아 있겠소?"

"그거야……"

반대의 의견을 견지하고 있던 노홍이 말끝을 슬그머니 끌어 보이며 포진을 바라봤다. 그에게 도움을 구하고 있는 것이다.

포진이 말했다.

"확실히 감숙성에서 공동파가 차지하고 있는 위치는 절대적이라 할 수 있소이다. 공동파가 단숨에 멸문에 이를 정도의 타격을 입는다면 감숙성은 평정이 될 것이외다. 그렇지만 험악한 공동산의 지형을 감안한다면 이번 싸움, 단기간 내에 끝나지 않을 수도 있다는 점을 주인께서 염두에 두셨으면 하외다."

"그래서 보낸 척후가 아니겠소? 살왕은 몇 차례에 걸쳐서 공동산의 지형지물과 공동파의 세력에 대해선 첩보를 전해 받은 것으로 아오만?"

"그야……"

"자신이 없는 것이오? 만약 그렇다면 이번 대전의 선봉(先鋒)은 염왕대에게 맡기도록 하겠소!"

"……"

침묵하는 포진 대신 노홍이 버럭 소리 질렀다.

"노부, 휘하의 염왕대 오부대를 이끌고 공동파를 박살 내는 선봉의 역할을 기꺼이 수행하겠소이다!"

"자네……."

포진이 눈매를 가늘게 만들어 보였으나 노홍은 언제 도움을 구했냐는 듯 바로 고개를 돌려 버렸다. 그동안 은근히 살왕령과 포진에게 자신과 염왕대가 뒤로 밀렸던 것을 이번에 만회하겠다는 의지가 가득한 표정이다.

'한심한!'

포진은 내심 탄식하면서도 노홍을 다그치진 않았다. 이 같은 마종들끼리의 기싸움이 처음은 아니다. 구마련 시절부터 늘상 있어왔단 일이다.

"노부 역시 주인의 명대로 살왕령 다섯 령주와 함께할 것이외다. 선봉은 염왕대에서 맡아도 상관없소이다."

"알겠소. 그럼 내 결정에 두 분 마종은 더 이상 이의가 없는 것으로 알겠소."

"물론입니다!"

"그저 명을 따를 뿐이외다!"

포진과 노홍이 동시에 복명과 함께 허리를 숙여 보였다. 언제 이의를 제기했었던가 싶다.

그러거나 말거나 사우영은 다시 시선을 야천 쪽으로 던지고 있었다.

시간이 갈수록 미약해져만 가고 있는 북궁상아와의 영적 교류!

그것이 그를 조급하게 만들었다. 천하의 대계로 짜냈던 밑그림을 수정하게 만들 정도로 말이다.

*　　*　　*

'역시 구천마제 위극양의 무공은 대종교와 관련이 있었던 것인가! 하긴 여태까지 천사심공이 효과를 발휘하지 못했던 자들은 모두 대종교와 관련된 마공을 익힌 자들이었으니까 당연하다고 봐야 하려나?'

방금 전.

가극염과 두 번째 생사대결을 벌이게 된 운검은 자신도 모르게 천사심공을 펼치곤 크게 놀랐다.

전날 적벽에서와 달랐다.

천사심공을 펼치자마자 가극염의 심사는 거짓말처럼 뇌리 속에 전달되어져 왔다. 얼떨결에 의심조차 해보지 못하고서 기습에 오히려 반격을 가했을 정도였다.

덕분이었을까?

운검은 구천마제 위극양 이후 최강의 적수라 생각했던 가극염을 지나칠 정도로 손쉽게 이겼다. 거짓말처럼 단 한차례의 반격만으로 그의 목숨을 거둬 버린 것이다.

그 같은 상황은 가극염 역시 뜻밖이었던 것 같다.

그는 죽기 직전 자기 자신을 강하게 책망했다. 위소소의 소수현마경으로 인해 대종교의 소존주가 자신의 몸에 걸어놨던 강마전이대법이 깨진 것을 간과한 것에 대한 회오였다.

 더불어 완성품인 천사심공을 지닌 운검과 위소소를 재회하게 놔둬선 안 된다는 사념 역시 연달아 파고들어 왔다. 죽는 그 순간까지 위소소에 대한 강렬한 충성심과 집착을 드러낸 것이었다.

 이 부분에서 운검은 한 가지 중요한 사실을 깨달았다.

 여태까지 찾아다녔던 사람!

 바로 위소소가 이곳에서 얼마 떨어지지 않은 장소에 있다는 것이었다. 그래서 마정이 자리 잡은 심장이 뛰었고, 머릿속에서 기묘한 공명 역시 울려 퍼졌을 터였다.

 당연히 운검은 마음이 다급해졌다. 피투성이가 된 채 의식을 잃은 북궁상아를 팽인영에게 맡겨놓고 신형을 날린 건 바로 그 때문이었다.

 비신탄영을 펼쳐 빠르게 신형을 날리며 그는 천사심공을 있는 힘껏 일으켰다. 공동산에서 활동한 이래 최대한 자제해 왔던 마정의 기운을 밑바닥까지 닥닥 긁어서 사용한 것이다.

 그 결과 한식경이 채 되지 않아서 운검은 얼마 전 피투성이 싸움이 벌어졌던 현장에 도달할 수 있었다. 몇 구의 시체 역시 발견했다.

 하지만 그게 다였다.

 더 이상은 존재하지 않았다.

이미 위소소의 소수현마경에 회유된 살왕령과 염왕대는 자취를 감춘 지 오래였다. 마치 운검에게 가극염이 목숨을 잃은 걸 알기라도 한 것 같은 깨끗한 철수였다.

"어째서……."

운검은 주변을 둘러보곤 눈살을 찌푸렸다.

공기 중에 남아 있는 진득한 피내음.

더불어 기묘하게 사람을 매혹시키는 잔향이 남겨져 있다. 바로 위소소의 향기다. 다시금 운검은 그녀를 코앞에서 놓쳐버리고 만 것이다.

'하지만 이번엔 사정이 다르다! 위 소저는 더 이상 무공을 잃어버린 나약한 여인이 아니며, 전날보다 더욱 막강해진 것 같다! 그리고 나의 존재를 이미 눈치챈 것이 분명하다! 그녀의 소수현마경과 내 천사심공은 쌍둥이나 다름없는 무공이니까…….'

생각을 거듭할수록 결과는 하나였다.

확인?

필요치 않았다. 애초부터 한 가닥 의협심과 책임감으로 인해 시작된 추격이었다. 이제 위소소의 건재와 의중을 눈치챈 이상 지속해야 할 이유는 전혀 없었다.

"이제 돌아가도 되는 건가? 강남으로……."

나직한 뇌까림.

더불어 운검의 눈이 기묘한 그리움을 품고서 강남 쪽 하늘을 향했다. 한 여인의 고운 얼굴이 그 뒤를 따랐음은 두말하면 잔소리일 터였다.
 심중족쇄(心中足鎖)!
 아주 오랫동안 운검을 붙잡아 매놨던 마음의 족쇄가 풀어졌다. 비로소 자유를 되찾은 것이다.

 잠시 후.
 빠른 걸음으로 떠났던 자리로 돌아온 운검의 눈에 이채가 스쳐 갔다. 만난 후 가장 절망적인 얼굴을 한 채로 북궁상아를 품에 안고 있는 팽인영을 발견한 때문이다.
 "흐흑, 운 소협, 도와주세요! 도와주세요!"
 "팽 소저, 무슨?"
 "이 소매가 나한테 찰싹 달라붙어서 떨어지려 하질 않아요! 부상이 심각해서 지금 당장 상처를 치료해야만 하건만……."
 "……."
 운검은 입을 꾹 다문 채 팽인영 쪽으로 다가갔다. 그러자 마치 갓 태어난 아기같이 팽인영의 가슴팍에 얼굴을 묻고 있는 북궁상아의 모습이 보였다.
 '옆구리 쪽의 상처가 무척 중하군. 마혈을 제압하지 않은 이유를 알겠어. 그런데 어째서 하필이면 팽 소저의 가슴팍을 물고 있는 거람…….'

운검은 빠르게 북궁상아의 상세를 살피던 중 그녀의 얼굴 쪽에 시선을 던지곤 낯을 가볍게 붉혔다. 팽인영의 가슴 부분에 침을 잔뜩 묻힌 채 옹알대고 있는 북궁상아의 아기 같은 표정을 본 까닭이다. 상황이 이러하니 총명절륜한 팽인영이 울상이 된 게 무리도 아닐 듯하다.

그러니 이대로 놔둘 수 없는 게 당연하다.

타탁!

운검이 손가락을 튕기자 움찔 작은 몸을 경직시킨 북궁상아가 비로소 팽인영의 가슴으로부터 떨어졌다. 악관절을 강제로 탈구시킨 후 아혈을 제압한 게 이유다.

"그런!"

팽인영이 운검의 과격한 수법에 깜짝 놀란 표정이 되었다. 설마하니 북궁상아를 이렇게 대할 줄은 몰랐기 때문이다.

운검은 개의치 않고 연속적으로 손을 썼다.

재빨리 다시 손을 써서 북궁상아의 빠진 턱관절을 맞추고 아혈을 점혈했다. 그녀가 혹시라도 혀를 물거나 다시 팽인영에게 달려들지 못하게 하기 위한 사전 방비였다.

더불어 그는 북궁상아의 작은 몸을 돌려서 응급처치된 옆구리의 상처를 다시 한차례 살폈다. 사람의 목숨이 왔다 갔다 하는 상황인지라 평소보다 더욱 진지해질 필요가 있었다.

'갈비뼈가 적어도 네 개는 부러졌고, 기경팔맥이 완전히 뒤집혀 버리고 말았다. 어떻게 이 같은 상처를 입고서 아직까

지 숨결이 붙어 있는지 의심스러울 정도로군.'

북궁상아의 상세.

처음에 생각했던 이상으로 심각하다. 적어도 운검이 지닌 의학 지식으로는 그녀의 생명을 살릴 수 있다고 장담할 수 없을 터였다. 겉으로 드러난 상처만 봐서는 전날 서금 진인이 당했던 부상보다 오히려 더 심각한 까닭이다.

그 같은 생각은 팽인영 역시 마찬가지였던 듯 얼른 운검의 곁으로 다가와 자신의 의견을 말했다.

"일단 본 가의 호심단을 복용시키고, 지혈약을 이용해서 과다출혈을 막긴 했어요. 하지만 이 소매가 즉사를 하지 않은 것만 해도 기적이라고 봐야 할 듯싶군요."

"팽 소저의 말에 전적으로 동감하오. 하지만 이대로 놔둘 순 없을 것 같구려."

"이 소매와 친한 사이신가요?"

"내 제자의 동생이라오."

"그렇군요."

팽인영이 대답과 함께 미미하게 고개를 끄덕여 보였다. 운검에게 두 명의 제자가 있다는 건 몇 번 들어서 알고 있었다. 설마하니 이렇게 큰 여동생이 있는 제자가 있었는지는 몰랐지만 말이다.

운검이 잠시 고심하다가 팽인영에게 부탁했다.

"내가 호법을 설 테니……."

"그렇지 않아도 제가 본신진기로 소매를 추궁과혈하려 했어요. 느닷없이 정신을 차린 소매가 제 품에 파고드는 통에 하지 못하고 있었을 뿐이에요. 하지만 제 능력이 과문해서 소매의 상세를 호전시킬 수 있을지 모르겠군요."

"인명은 본시 재천이라고 했소. 팽 소저가 최선을 다해준다면 그에 상응하는 대가가 있을 거라 생각하오."

"제자분의 여동생이라고 하셨죠?"

"그렇소. 내가 무척이나 아끼는 제자의 하나밖에 없는 여동생이오."

"최선을 다해보겠습니다!"

나직하나 힘있게 대답한 팽인영이 북궁상아를 앉힌 후 그녀의 명문혈과 회음혈에 양손을 가져다 댔다. 결코 운검으로선 행할 수 없는 망측한 부위를 통해 내력을 쏟아 붓는 추궁과혈에 들어간 것이다.

"크험!"

운검이 힐끔 팽인영과 북궁상아 쪽을 살핀 후 곧바로 신형을 돌려세웠다. 그리고 괜스레 인적 하나 보이지 않는 주변의 숲 속을 퉁명스레 쏘아봤다. 그게 지금 그가 할 수 있는 일의 전부였기 때문이다.

第七十四章
마신비행(魔神飛行)
마신이 움직이니, 곧 경천동지할 일이 발생하리라!

華山劍宗

천석평(泉石平).

공동산으로부터 십수 리가량 떨어진 물과 바위로 둘러싸인 평야다.

그 크기는 족히 수만 평에 이른다.

농사가 불가능할 정도로 거친 땅인지라 주변에 인가(人家) 자체가 보이지를 않는다. 공동산 부근의 마을 쪽으로 향하는 대로하고도 사뭇 떨어진 장소이기도 하다.

그 천석평의 커다란 바위 위에 앉아서 반가부좌를 취하고 있던 우현의 눈썹이 슬며시 떨렸다. 그의 뺨을 스치는 가벼운 바람을 느낀 까닭이다.

"허허, 신개의 취팔선보는 이제 입신(入神)의 경지에 도달한 것 같구려?"

"입신의 경지는 개뿔!"

나직한 투덜거림과 함께 우현이 앉아 있는 바위 부근으로 팔방신개가 모습을 드러냈다.

꽤나 먼 길을 쉼없이 달려온 탓이리라!

팔방신개의 파뿌리 같은 머리와 누더기 같은 옷 전체에 먼지가 뿌옇다. 한차례 몸을 털어 보이니, 일시 누런 먼지가 사방으로 비산하듯 날아올랐다.

우현의 눈썹이 다시 한차례 떨려 보였다.

그러나 그는 널따란 소매로 코와 입가 주변을 가려 보일 뿐 팔방신개의 자못 방자한 행동을 탓하진 않았다. 애초부터 그럴 생각조차 없었던 것 같다.

팔방신개가 그 같은 모습을 보고 몸을 털어 보이길 멈췄다. 그리고 땟구정물이 잔뜩 묻어 나오는 입술을 댓발이나 튀어 나오게 만든다.

"이틀 전 감숙성 일대에서 개방의 거지들을 모조리 철수시켰네!"

"청해성 부근은 더욱 심각하겠구려?"

"곤륜파의 세력권을 제외하곤 이미 저들한테 넘어갔다고 봐야겠지. 처음부터 그럴 거라고 생각했었잖나?"

"대막 쪽은?"

"대막의 대종교 성전은 여전해. 지난 수백 년간과 마찬가지로 말야."

"역시 그런 것이외까?"

"그런 게지."

뜻 모를 문답과 함께 한차례 고개를 끄덕여 보인 팔방신개가 추레한 얼굴과 어울리지 않는 강한 신광을 두 눈에 담았다.

"그래서 공동파는 어찌할 작정인가? 정말 환마혈환을 넘겨주지 않는 것 때문에 멸문지화를 방임하려는 건 아닐 거라 생각하고 있네만."

"고대마교의 삼신기는 아무나 얻는다고 사용할 수 있는 게 아니외다. 지난 수백 년간 오직 대종교의 대막마신만이 그 진정한 힘을 자신의 것으로 만들었다고 알려져 왔을 뿐이오."

"그래서 우현 자네가 서화 장문인에게서 환마혈환을 회수하려 했던 게 아닌가? 그 돼지지도 않는 대막마신 놈한테 빼앗기지 않으려고 말야!"

"그냥 표면적인 일이었을 뿐이외다."

"표면적인 일?"

"대막마신이 새외제일인의 명성을 얻은 게 벌써 수백 년이 지났소이다. 만약 그가 마음만 먹었다면 삼신기를 몽땅 탈취하는 건 그리 어려운 일은 아니었을 것이외다."

"그러면 이번에 공동파를 치러 오는 게 환마혈환 때문이 아니란 건가?"

"최소한 대막마신은 관심없을 거외다. 다만……."

"다만?"

"…다만 주인을 만난 삼신기라면 관심이 있을지도 모르겠소이다."

"주인을 만난 삼신기? 설마 화산파의 운검이란 애송이가 지닌 마신흉갑을 말하는 건가?"

"……."

대답 대신 고개를 끄덕여 보인 우현이 잠시의 침묵 끝에 설명하듯 말했다.

"서화 장문인은 첫 번째 조우 이후 환마혈환의 진정한 공능을 전혀 얻지 못하고 있었소이다. 그 점은 혈군자 당무결 대협과 마찬가지올시다. 그런데 마신흉갑을 얻은 운 소협과의 조우 이후 사정이 조금 달라진 것 같소이다."

"그건 우현 자네가 의도한 거잖나?"

"허허, 신개가 노부를 음모의 막후같이 말씀하시니, 듣기가 조금 거북하구려."

"내 말이 맞구만 뭐가 거북해!"

빽 소리를 질러 우현을 무안하게 만든 팔방신개가 두 눈에 담긴 신광을 더욱 날카롭게 만들었다.

"그래서 결국 환마혈환도 서화 장문인을 주인으로 받아들긴 건가?"

"아직은."

"아직은?"

불만 어린 표정이 된 팔방신개에게 우현이 슬쩍 미소를 지어 보였다.

"그래서 노부는 끝까지 이번 싸움을 지켜볼 작정이외다. 이곳을 떠나지 않고서."

"그건 역시 이번 대종교가 중심이 된 마도 세력의 중원침공의 배수진은 감숙이 아니라 섬서란 뜻인 겐가? 그러기 위해서 구정회의 늙은이들을 대거 서패 북궁세가 쪽으로 집결시킨 것이고 말야?"

"서패 북궁세가는 중요하외다. 만약 감숙의 공동파가 무너졌을 때까지 북궁세가를 정파 진영에서 수복하지 못한다면 중원의 북부 지역 전체가 전화에 휩싸이게 될 것이기 때문이외다."

"그런 것쯤은 알고 있네. 하지만 우현 자네도 참 독하구만. 애초부터 자네는 환마혈환을 넘겨받더라도 공동파를 지원할 생각이 없었던 게 아닌가 말야?"

"모든 것이 정파무림의 안위를 위해서올시다. 그리고 섬서성의 서안 일대를 넘는 곳까지 동창과 금의위의 무장 세력을 진출시키긴 힘들기도 했고 말이외다."

"혜헹! 하긴 그거야말로 그 빌어먹을 무적도 팽 늙은이를 신임 회주로 옹립한 이유이긴 하지. 그러면 역시 나중에 이 늙은 거지가 해야 할 임무는 뻔하겠구만?"
 "무영화 팽인영! 신개의 입신의 경지에 오른 취팔선보라면 어떠한 전장에서라도 그 여아를 상처 하나 없이 구출해 낼 수 있을 거외다."
 "그럼 그 화산파의 애송이는? 회주가 내색은 하지 않았어도 꽤나 아끼던 녀석인 것 같은데……."
 "대막마신 이후 처음으로 고대마교의 삼신기가 주인으로 받아들인 자올시다. 이번 싸움에서 또다시 마신흉갑이 마광을 발한다면, 후일 노부가 회주에게 목숨으로써 사죄를 올리는 한이 있더라도 공동산에 뼈를 묻도록 할 것이외다."
 "귀병자도 그 빌어먹을 물건을 떼어낼 수 없다는 건가?"
 "가능성만 봤다고 하더구려."
 "가능성이라……."
 슬그머니 말꼬리를 흐린 팔방신개가 내심 고개를 가로저었다.
 우현과 전대 구정회주인 현명 진인의 관계.
 누구보다 그가 잘 알고 있다. 그런 그가 이리 단호한 태도를 견지한다면 반대란 꿈도 꾸지 못할 일이다.
 '결국 귀병자가 그 애송이에게서 마신흉갑을 벗겨내기만을 기다릴 수밖에 없겠구만. 그 애송이 녀석이 마신흉갑을 순순히 포기할지는 이후 생각할 일이고 말이야.'
 내심 중얼거린 팔방신개가 우현을 힐끔 바라봤다.

여전히 심사를 읽기 힘든 표정!
변함없이 비슷한 동배임에도 어렵고 존중할 수밖에 없는 모습을 우현은 유지하고 있었다.

                 *   *   *

봉황림.
달빛을 즈려밟듯 움직이고 있던 위소소의 신형이 잠시 멈춰 섰다.
하이얀 섬섬옥수(纖纖玉手).
무성한 숲의 잎사귀 사이로 떨어져 내리는 햇빛을 가리려는 듯 들어 올려진 손의 움직임이 아름답다.
이마를 매만지는 동작은 한 폭의 그림과 다름없다. 적어도 그녀의 뒤를 쫓아 봉황림에 집결한 수십 명 살왕령의 살수와 염왕대 무사들은 그리 생각했다.
단순한 한 동작, 한 동작에 하나같이 넋을 잃어버렸다.
문득 위소소는 살풋 인상을 써 보였다. 그마저도 극미(極美)라 할 정도로 아름다우나 뭔가 고심하는 빛이 역력하다.
'역시 간밤에 머릿속 한 켠을 아프게 울렸던 기운은 그 때문인 걸까?'
한때 위소소는 자신의 가슴을 뛰게 만들었던 운검을 떠올렸다. 그로 인해 고심했고, 마음의 동요 역시 적지 않았다. 오라버니인 구천마제 위극양 외엔 미동조차 하지 않았던 방심이 크게 흔들린 까닭이었다.

 하지만 소수현마경을 완성한 후 위소소는 달라졌다.

 그녀는 강력한 힘을 얻었고, 오라버니인 구천마제 위극양과 운검에게 가졌던 연심 역시 깨끗이 정리할 수 있었다. 놀랍게도 그들의 얼굴을 떠올릴 때마다 느꼈던 가슴의 통증이 거짓말처럼 소멸되어 버린 것이다.

 그런데 어쩐 일인지 그녀는 간밤 운검에게서 발원한 천사심공의 기운을 읽고 도망쳤다. 오른팔이라 할 수 있는 가극염의 생사조차 도외시한 채 그에게서 멀어지는 걸 선택했다.

 어째서?

 그녀는 지금까지 의문조차 품지 않았다. 그냥 그때는 그리해야만 할 것 같았다. 일종의 위기의식의 발로라고 봐도 무방할 터였다.

 지금은 다르다.

 그녀는 잠시의 고심 끝에 결론을 내릴 수 있었다. 자신이 운검을 피한 건 다름 아닌, 지금의 완전무결한 상태가 깨지는 걸 원치 않았기 때문임을.

 '그 후로 이틀이 흘렀다. 여지껏 천종 사부가 돌아오지 않는 건 역시 당시 천사심공을 만나 죽음을 맞았기 때문일 것이다. 어차피 정해진 죽음을 역천의 마공으로 잠시 늦추고 있었던 만큼 오히려 잘된 일일지도 모르겠구나. 하지만 앞으로 나는 어찌해야 하는가?

본래 위소소는 곧바로 천산의 구마련 비밀 총단을 집어삼킨 사우영을 찾아가려 했다. 그래서 그를 죽이고 남겨진 세력을 모조리 자신의 것으로 만들 작정이었다. 구천마제 위극양의 뒤를 잇는 건 대종교의 인물인 사우영이 아니라 유일한 핏줄이자 정통 후계자인 위소소 본인이 되어야만 한다는 가극염의 의견을 받아들인 결과였다.

그런데 그 가극염이 돌아오지 못했다. 천사심공의 주인인 운검에게 죽임을 당해 버린 것이다. 감히 주인인 위소소의 명령도 없이 말이다.

'어쩌면 잘된 일인지도 모른다. 어차피 사우영은 공동파를 상대하기 위해 공동산으로 향하고 있고, 그에겐 예상치 못했던 강력한 적수가 둘이나 생겨난 셈이니까 말야.'

우연이었을까?

위소소는 은연중에 운검과 자신을 한편으로 묶고 있었다. 오른팔이자 사부 격이던 가극염의 죽음에조차 관심을 두지 않고 있었음에도 불구하고.

그때 누구도 감히 다가들려 하지 않는 위소소의 곁으로 여전히 하얗고 커다란 몸집을 자랑하는 백묘가 다가들었다. 얼떨결에 그녀의 뒤를 쫓아온 것이다.

메에! 메에에!

과거 운검한테까지 불량스런 대거리를 서슴지 않던 녀석

답지 않게 백묘는 나직한 울음과 함께 위소소에게 파고들었다. 그리고 덩치에 어울리지 않는 갖은 아양과 함께 눈치까지 슬금슬금 보고 있다.

생존 본능의 발로!

야생보다 더욱 힘든 연속적인 주인의 죽음과 교체 앞에서 백묘는 아주 얌전한 애완동물이 되었다. 전 주인이며 자신을 대단히 아껴줬던 북궁상아가 사라진 후 위소소에게 달라붙은 건 바로 그 때문이었다.

위소소 역시 백묘의 이 같은 아양이 그리 싫진 않았다. 백묘처럼 새하얀 털을 지닌 모우는 그 숫자가 많지 않았다. 아주 귀한 품종이었다. 일반적인 짐승처럼 다루기가 쉽지 않은 건 당연했다.

그래도 때가 좋지 못했다.

퍽!

위소소는 느닷없이 자신에게 다가드는 백묘의 옆구리를 발로 냅다 차버렸다.

메에! 메에에!

백묘가 깜짝 놀라 울부짖으며 위소소에게서 떨어졌다. 워낙 덩치가 좋은데다 내력이 담기지 않은 탓에 큰 상처를 입진 않았으나 충격은 상당했다. 다시 위소소에게 다가들어 치근댈 엄두를 내지 못할 정도는 되었다.

위소소는 백묘의 구슬픈 울음에도 시선조차 던지지 않았

다. 어느새 자신만의 상념 속에 깊숙이 빠져든 상황이었다. 고작해야 한 마리 짐승의 울음에 관심이 갈 리 만무했다.

멀찍이 떨어져서 황홀한 표정으로 위소소의 자태를 힐끔거리고 있던 살왕령주가 나섰다. 그의 양손에는 어느새 친우인 염왕대주의 유품인 쌍두금도와 구환청룡도가 들려져 있었다.

스으!

순식간에 일어난 강렬한 살기.

목표는 다름 아닌 백묘였다. 단숨에 놈의 듬직한 목을 날려 버리려 했다.

그러나 막 살왕령주의 쌍도가 백묘의 목을 잘라 버리려 할 때였다.

위소소의 붉은 입술이 나풀거리듯 움직였다.

"죽일 필요는 없어!"

"조, 존명!"

살왕령주가 거의 백묘의 지척까지 이르렀던 신형을 얼른 뒤로 빼어냈다. 교차하듯 쌍인(雙刃)을 백묘의 목에 대고 있던 쌍두금도와 구환청룡도 역시 거둬들였다.

찰나.

그야말로 눈 깜짝할 새에 벌어진 일이었다.

그러거나 말거나 백묘는 계속 원망스런 표정을 위소소에게 던지고 있었다. 자신이 방금 전 죽기 바로 직전까지 갔었다는 걸 까맣게 모르고 있는 것이다.

'짐승! 운 한번 정말 좋구나!'

내심 중얼거린 살왕령주가 쌍두금도와 구환청룡도를 본래 위치했던 곳으로 돌려놨다. 본래 사용하던 병기가 아님에도 더할 나위 없이 깨끗하고 정확한 동작이다.

위소소가 그 같은 살왕령주에게 한차례 시선을 주곤 상념에서 벗어났다. 담담하나 강력한 명령이 곧 뒤이어진다.

"곧 커다란 싸움이 있을 것이다! 승자도 패자도 없는 싸움이다! 그때까지 우리는 이곳, 봉황림에서 은인자중 때를 기다릴 것이다!"

"존명!"

살왕령주의 대답과 함께 주변에서 가벼운 진동이 일었다. 살왕령의 살수들과 염왕대의 무사들이 일제히 발을 구름으로써 대답을 대신한 까닭이다.

* * *

탄쟁협.

그 좁다란 협곡이 시작되는 곳에 홀로 쭈그려 앉아 있던 운검의 배후로 팽인영이 다가들었다. 여전히 도복을 걸치고 있긴 하나 머리는 길게 내려뜨렸다. 그러니 더 이상 도사의 복장을 유지하고 있진 않은 것이라 할 수 있겠다.

"조금 늦은 게 아니오?"

"……."

느닷없는 책망성 질문에 팽인영이 걸음을 멈췄다. 대충 운검에게서 대여섯 걸음쯤 떨어진 장소다.

빙글.

운검이 여전히 쭈그린 자세 그대로 신형을 돌려세웠다. 엉덩이에 힘을 주고서 풀쩍 뛰었다. 그런 식으로 방향을 바꾼 것이다.

"풋!"

나이 어린 장난꾸러기나 할 법한 운검의 익살스런 행동에 팽인영이 자신도 모르게 웃음을 터뜨렸다. 얼른 손을 들어 입가를 가리긴 했으나 다른 한 손이 아랫배를 향하고 있는 게 터져 나오는 폭소를 참느라 참 힘들어 보인다.

그 모습을 본 운검이 고개를 한쪽으로 기울여 보였다.

"뭐가 그리 웃기시오?"

"아, 아니. 그런 것이 아니라……."

"…아니라?"

"우, 운 소협 표정이… 아하하!"

결국 참지 못하고 팽인영이 폭소를 터뜨리고 말았다. 그녀를 향해 운검이 얼굴을 슬쩍 일그러뜨려 보였기 때문이다.

씨익!

운검이 역시 미소를 지어 보였다. 애초의 목적을 달성했다는 표정이다. 그리고 말한다.

"요 며칠 계속 심각한 표정을 짓느라 미간 사이에 주름이 다 생겼었는데, 그렇게 웃으니까 좀 나아졌구려."

"미간 사이에 주름이 생겼다고요?"

"그렇소."

운검이 대답과 함께 자신의 미간 사이를 손가락으로 짚어 보였다. 그 모습이 또한 묘하게 익살스러워 팽인영은 다시 한 차례 미소를 지어 보이고 말았다. 그리고 짐짓 표정을 딱딱하게 굳혔다.

"운 소협은 나쁜 사람이군요. 북궁 소저의 상세가 요 며칠 동안 꽤나 위중했다는 걸 알면서 이런 장난을 치시다니 말예요."

"그래도 위기는 넘기지 않았소? 그렇지 않았다면 아무리 내가 우스운 짓거리를 했다 한들 팽 소저가 웃음을 터뜨리진 않았을 테니까 말이오."

"그야……"

팽인영이 뭐라 딴말을 늘어놓으려다 입을 다물었다.

눈앞의 운검.

놀라운 무공 수준과 더불어 묘하게 사람의 심사를 꿰뚫어 보는 통찰력을 지니고 있다. 다른 사람을 대할 때처럼 말이나 행동을 꾸밀 필요는 없을 듯했다.

"…운 소협의 말대로예요. 서화 장문인을 비롯한 몇 분 공동파의 원로 고수들이 힘을 써주신 덕분으로 북궁 소저의 상세는 많이 안정이 되었어요. 아직 잃어버린 이지를 회복하진 못했지만요."

"그건 쉽지 않을 것이오."

"북궁 소저가 백치같이 변한 이유에 대해서 아는 바가 있으신 건가요? 아니, 전날 운 소협이 만났던 북궁 소저는 지금의 모습과 얼마만큼 달랐던 것이죠?"

잇단 팽인영의 질문에 운검이 잠시 고심 어린 표정이 되었다.

전날 만났던 북궁상아.

서패 북궁세가가 자랑하는 섬서제일미였던 청명뇌음도는 미모와 지혜를 겸비한 재녀였다. 이복 오라비인 제자 북궁휘와 몇 안 되는 마음이 통하는 혈육지간이기도 했다.

당시의 생기발랄한 모습을 기억하는 운검으로선 현재 백치나 다름없이 변한 북궁상아를 그냥 두고 볼 수 없었다. 어떻게든 그녀를 전날과 다름없는 모습으로 돌려놔야만 한다는 책임감을 느꼈기 때문이다.

그런데 그녀를 공동파에 맡긴 후부터 상황이 바뀌었다.

북궁상아에 대해 정신을 집중한 탓인지 심장에 자리 잡고 있던 마정이 무수히 많은 정보를 쏟아내기 시작했다. 모두 마도무림에 떠도는 인간의 정신을 제어하고 백치로 만드는 마공에 관한 것들이었다.

더불어 그에 대한 해결책 역시 포함되어져 있었다. 마치 운검의 속내를 마정이 눈치채고 어루만지는 것이나 다름없는 상황이 벌어진 것이었다.

'어찌 됐든 근래 내 머릿속으로 쏟아져 들어온 이 빌어먹을 마정의 속삭임이 맞다면… 북궁 소저는 현재 대종교의 마공에 정신이 잠식되어 있는 상황이다. 놀랍게도 마도의 절대자라 알려진 구마련주조차 손을 댈 수 없는 상태인 것이다. 그렇다면 지금 내가 그녀를 위해 할 수 있는 일은 아무것도 없는 셈이다. 분하게도 말야.'

제자가 아끼는 여동생.

운검에겐 제자 본인과 다름없는 무게를 지닌다. 결코 외면할 순 없었다. 또한 고리타분한 정파인들에게 있는 그대로 진실을 털어놓는 일 역시 있어선 안 된다고 생각했다. 마공을 익혔다는 것만으로도 현재의 정파무림에선 무림공적이 될 수 있었기 때문이다.

그렇게 빠르게 내심을 정리한 운검이 팽인영에게 다시 미소 지어 보였다.

"내 생각이 맞다면 북궁 소저는 사악한 마공의 고수에게 심령을 공격당한 것 같소. 아마도 이혼대법류였던 것 같은데, 내 경험에 의하면 시전자를 찾아서 죽이기 전에는 깨기가 쉽지 않을 것이오."

"시전자라면… 대종교의 소존주를 말하시는 건가요?"

"그럴 것이오."

운검이 천천히 고개를 끄덕여 보였다. 팽인영의 안색이 슬쩍 어두워졌다.

"그래서 운 소협은 공동파로 향하는 길목인 탄쟁협 앞을 지난 며칠간 지키고 계셨던 거군요?"

"서화 장문인과 함께 있지 않는 편이 낫겠다는 판단 때문이기도 하오. 그 외에 따로 확인해 볼 일도 있고 말이오."

"따로 확인해 볼 일이라면… 그 천산을 찾아갔던 것과 동일한 일인가요?"

"그렇소. 그런데 또 월석협에 봉화가 올랐군."

"예? 서, 설마……."

"그 설마인 것 같소. 전날 봤던 것보다 족히 두 배는 큰 봉화인데다가 숫자도 몇 개 더 많으니 말이오."

"……."

팽인영이 운검을 쫓아 시선을 월석협으로 던졌다.

그 순간 과연 깎아지른 듯한 절벽인 월석협의 가장 높은 봉우리 전체가 뽀오얀 연기로 가득 차오르는 모습이 보였다. 봉화라기보다는 엄청난 크기의 구름이 용처럼 똬리를 틀며 하늘로 승천하고 있는 모양새였다.

그리고 배후의 탄쟁협.

저 멀리서 어느새 십여 명이 넘는 공동파 도사들이 달려오고 있었다. 여태까지 봐왔던 어떤 때보다 빠르고 일사불란한 모습이었음은 물론이다.

"봉화?"
 사우영은 생각했던 것 이상으로 험한 공동산을 눈앞에 두고서 두 눈에 신광을 담았다.
 창공을 노닐다 먹잇감을 발견한 독수리의 눈.
 그의 뒤를 조용히 따르고 있던 양대마종이 누가 먼저라 할 것 없이 가벼운 진저리를 쳐 보였다. 일시 자신들을 향해 일어난 기갑호신의 기운에 깜짝 놀라 버린 것이다.
 그렇다 하나 달리 전대부터 마종이라 추앙받은 게 아니다.
 살왕 포진과 염왕귀수 노홍은 곧 본래의 신색을 회복했다. 뿐만 아니라 언제 사우영에게서 뿜어져 나온 기갑호신의 기운에 놀랐냐는 듯 오히려 그의 곁으로 다가가 질문까지 던진다.
 "주인, 방금 봉화라고 하셨소이까?"
 "봉화라면… 공동산 방면에서 올려진 것이외까?"
 포진과 노홍이 질문과 함께 공동산 쪽으로 시선을 던져 보였다. 은근히 내력을 돋워서 안력을 높였음은 물론이다.
 곧 그들의 두 눈에 놀라움의 기색이 깃들었다.
 어렴풋이 보인다.
 저 멀리 월석협 쪽 하늘을 자욱하게 물들이고 있는 몇 가닥의 연기들이 말이다.

'저게 진짜로 봉화란 말인가?'

'하지만 어떻게 벌써 봉화를 올릴 수 있단 말인가? 아직 족히 한나절 이상은 향해야만 공동산의 초입에 도달할 수 있을 터인데……'

놀라움과 불신에 젖어 있는 양대마종에게 사우영이 특유의 선 굵은 미소를 던져 보였다.

"과연 구대문파라는 것이군. 이번 싸움, 결코 쉽지만은 않겠소."

"어째서?"

의문을 표하는 노홍에게 포진이 슬그머니 고개를 흔들어 보였다. 평상시 표정의 변화가 거의 없던 그의 안색이 긴장으로 살짝 일그러져 있었다.

"비록 산봉 위라곤 하나 우리의 본대가 이동하고 있는 걸 발견하고 봉화를 올렸네. 최소한 자네나 나와 동급이거나 그 이상의 무위를 지닌 자가 있다고 봐야 하지 않겠나?"

"으음, 그도 그렇군."

노홍이 비로소 고개를 끄덕이며 수긍했다. 그러며 다소 놀란 표정으로 사우영을 바라봤다.

'하지만 더욱 대단한 건 주인이구나! 산봉에서 볼 수 있는 것과 아래에서 살필 수 있는 건 결코 같을 수가 없는 법인 것을……'

그때 잠시 더 월석협의 하늘 쪽을 눈으로 살피던 사우영이 갑자기 뭔가 생각이 난 듯 말했다.

"내가 먼저 가보도록 해야겠소."

"주인, 선봉은 내게 맡겨주시겠다고 하지 않았소이까!"

노홍이 당황하여 소리쳤다. 포진 역시 그 뒤를 따른다.

"이동 속도를 조금 더 빠르게 하면 될 일이외다! 굳이 주인께서 선봉에 나서실 필요는 없소이다!"

사우영이 고개를 가로저어 보였다.

"그동안 척후들로부터 입수된 첩보에 의하면 공동파로 향하는 길목인 탄쟁협은 극히 좁은 협로로 되어 있소. 만약 고수가 그곳을 지키고 있다면, 내가 나서는 편이 옳을 것이오."

"하지만……."

"명령이오!"

다시 불만을 토하려는 노홍을 사우영이 단호한 한마디로 제지했다. 더 이상 토를 다는 것을 용납하지 않겠다는 뜻을 분명히 한 것이다.

결국 노홍이 뒤로 물러섰다. 포진 역시 더 이상 끼어들지 않았다.

사우영이 말했다.

"종전대로 이동하시오! 도착했을 무렵엔 탄쟁협은 깨끗이 비워져 있을 것이오!"

"존명!"

양대마종이 정중한 복명과 함께 고개를 숙여 보였다.

까닥!

그들을 향해 한차례 고개를 끄덕여 보인 사우영의 장대한 신형이 순간적으로 하늘 높이 치솟아올랐다.

족히 삼 장을 훌쩍 뛰어넘는 높이!

별다른 도약 전의 예비 동작조차 없이 벌어진 일이다. 그리고 곧바로 그는 한 가닥 바람이 되었다. 탄쟁협을 향해 전설적인 어풍비행에 버금가는 마신비행(魔神飛行)을 펼친 것이다.

문득 포진이 나직이 중얼거렸다.

"마신이 움직이니, 곧 경천동지할 일이 발생하리라!"

"마신이라! 과연 그렇구만!"

노홍이 고개를 끄덕이며 동의했다.

* * *

운현선거(雲玄仙居).

독특한 형태의 팔괘석(八卦石) 위에 좌정하고 있던 서화 진인의 눈썹이 한차례 꿈틀거렸다.

문득 그의 전신을 물들인 기오한 광채!

얼핏 혈광인 듯하나 그보다는 흑적색에 가깝다. 붉은 빛깔 속에 어둠의 기운이 잔물결처럼 깃들인 채 꿈틀거리고 있었기 때문에 벌어진 일이다.

더불어 서화 진인이 좌정한 팔괘석 앞에 눕혀진 채 쌕쌕거리며 잠에 빠져 있던 북궁상아가 갑자기 몸을 동그랗게 만들었다. 마치 잠결에 무서운 꿈이라도 꾼 것 같은 모습이다.

"으으! 으으으......"

선홍빛 입술 사이로 신음 역시 흘러나온다. 고통 역시 느끼고 있는 것 같다.

슥!

서화 진인이 문득 손을 들어 올렸다.

순간 그의 전신을 물들이고 있던 기오막측한 흑적색 광채가 커다란 물결을 만들어냈다. 출렁거렸다. 그럼으로써 운현선거 내부의 대기를 역시 크게 뒤흔들어놨다.

그뿐 아니다.

그렇게 시작된 대기의 흔들림이 곧 북궁상아에게까지 영향을 미쳤다. 일시 더욱 커진 신음과 함께 그녀의 몸이 더욱 동그랗게 말려졌다. 몸 역시 부들부들 떨고 있다.

"그만!"

서화 진인이 나직이 일갈했다.

더불어 섬전같이 움직인 우수가 좌수를 붙잡아가니, 일시 그의 몸을 중심으로 일어나고 있던 암적색 광채의 물결이 빠르게 안정을 되찾았다. 다시금 처음처럼 잔물결으로만 존재하게 된 것이었다.

서화 진인은 그에 만족하지 않았다.

그는 좌수를 붙잡은 우수에 더욱 강력한 힘을 쏟아 부었다.

공동파의 비전절학인 육합구소신공의 십성 공력이 노도와 같이 일어나 좌수 쪽에 집중되었다.
 웬만한 천 근 거암조차 박살 내버릴 정도의 위력!
 과연 효과가 있었다.
 육합구소신공의 집중과 더불어 잔물결 정도로 진정되어 있던 암적색 광채가 씻은 듯 자취를 감추었다. 서화 진인의 몸, 더욱 정확하게는 좌수 쪽으로 빠르게 몰려들더니, 곧 소멸해 버리고 말았다.
 "후우우!"
 서화 진인의 입에서 나직한 한숨이 흘러나왔다. 가벼운 헐떡거림조차 숨겨져 있는 호흡이다. 그 정도로 자신의 좌수에서 발원한 암적색 광채를 제압하는 데 많은 공력을 소모했다. 자칫 운현선거 내부가 붕괴를 일으킬 위험까지 있었다.
 '어째서인가? 어째서 느닷없이 환마혈환이 이리 미쳐 날뛰는 것인가? 필경 화산파의 운 소협은 탄쟁협 밖으로 벗어나 봉황령 쪽으로는 다가오지도 않고 있건만……'
 전날.
 우연한 탐욕으로 인해 얻게 된 환마혈환은 서화 진인에겐 커다란 업보나 다름없었다. 그로 인해 잃어버려야만 했던 것은 상상조차 할 수 없을 정도였고, 아직도 서화 진인을 어둠 속에 잡아놓은 채 놔주지 않고 있었다.
 그래도 괜찮았다.

사형 서금 진인이 죽고 사제 귀병자와 원수지간이 되었으나 서화 진인에겐 희망이 있었다. 자신의 대에 수백 년간 구대문파의 말석에 가까운 위치에 머물렀던 공동파를 정파제일로 올려놓겠다는 의지가 남아 있기 때문이었다.
　그러던 게 운검을 만난 후 사정이 바뀌었다.
　그가 지닌 또 다른 삼신기 중 하나인 마신흉갑과 자신의 환마혈환이 공명을 일으키자 지독한 마기를 느꼈다. 전날 처음으로 환마혈환을 얻었던 때에 버금갈 만큼 극렬한 악심과 살기가 치솟아올라 제어가 힘들 정도였다. 만약 당시 그동안의 수행과 운검의 빠른 판단이 없었다면 공동파 자체를 스스로 지워 버렸을지도 몰랐다.
　그런 상황에서 서화 진인은 눈앞의 북궁상아를 치료하게 되었다. 공동파의 정심한 내력과 성약으로 목숨이 위험할 정도의 중상을 회복시키고 그녀의 망가진 정신을 돌아오게 만들 방도를 연구 중이었다.
　이유가 없을 리 만무하다.
　그는 북궁상아의 상세를 치료하던 중 우연찮게 그녀가 지닌 기묘한 마기가 환마혈환의 기운과 상충을 일으키는 걸 깨달았다. 새로운 희망의 태동이었다.
　그런데 방금 전은 사정이 완전히 달랐다.
　여태까지 용케도 제어되고 있던 환마혈환의 기운이 갑자기 폭발적으로 강력해졌다. 백치 상태이긴 하나 점차 건강을 회복해 가고 있던 북궁상아가 느닷없이 의식을 잃은 채 쓰러진 것과 동시에 벌어진 일이었다. 의혹을 느끼지 않을 수 없다.

'그사이 뭔가 내가 모르는 일이 발생한 게 분명하다! 그렇지 않고서야……'

서화 진인이 염두를 굴리고 있을 때였다.

운현선거의 밖에서 바쁜 걸음 소리 몇이 들려오더니, 나직이 고하는 목소리가 파고들었다.

"장문인께 고합니다!"

"고하라!"

"월석협 가장 높은 봉우리에서 천봉(千烽)이 올랐습니다!"

"천봉? 방금 전에 천봉이라고 하였느냐?"

"예, 그렇습니다!"

"……"

서화 진인의 미간이 슬쩍 찌푸려졌다.

천봉.

월석협에 봉화대가 마련되기 훨씬 이전부터 공동파에 전해 내려오던 일종의 경고이다. 그 뜻은 매우 엄중해서 공동파가 멸망의 위기를 맞기 전에는 결코 사용되지 않아야만 했다. 여태까지 단 한차례밖엔 사용이 없었기도 하다.

'느닷없이 환마혈환이 요동친 이유가 바로 이것이었구나! 놀랍게도 대종교의 마귀들이 이리 빨리 공동산에 이른 것이

었어! 오풍 사숙님께서 이를 알고 미리 경고를 해주신 것이고 말야!'

서화 진인은 공동파 제일의 어른인 오풍 진인을 떠올리곤, 곧 본색을 회복했다.

대종교의 진격!

목표는 다름 아닌 공동파였다.

일파지존으로서 당당하게 맞서서 싸워주지 않을 이유가 없었다. 평생, 오늘과 같은 일을 맞기 위해 전심으로 무공을 연마해 왔기도 했다.

슥!

서화 진인이 팔패석 위에서 가부좌를 풀고 일어섰다. 뒤따르는 명령이 엄중하다.

"쌍수와 사준은 곧바로 탄쟁협으로 달려갔으렷다!"

"예, 그렇습니다!"

"그럼 얼른 갑조의 비상령을 내리거라!"

"갑조인 겁니까?"

"그렇다! 또한 나머지 일대제자와 이대제자들로 하여금 봉황령에서 탄쟁협으로 향하는 요소요소에 진법을 펼치도록 하거라! 공동산 곳곳에서 따로 수련하고 있는 장로들도 일제히 봉황령으로 집결시키도록 하고 말이다! 이는 장문령으로 내리는 명이니 불복이란 있을 수 없느니라!"

"명을 따르옵니다!"

복명과 함께 운현선거 밖에서 예의 잰걸음 소리가 들려왔다. 이번엔 다가오는 게 아니라 멀어지는 소리였다.

"으! 으아아!"

일순 바닥에 웅크린 채 마구 몸을 떨고 있던 북궁상아가 비명을 터뜨렸다. 여태까지의 신음과는 강도가 완연히 다르다. 당장 발작이라도 일으킬 것 같다.

투툭!

서화 진인이 손가락을 튕겼다.

지력을 일으켜 막 발작을 일으키기 직전인 북궁상아의 아혈과 마혈, 혼혈을 연달아 점혈한 것이다. 일이 급하게 되었다. 여태까지처럼 그녀와 환마혈환이 지닌 마기의 상관관계를 연구하고 있을 여유가 없었다.

"잠시만 이곳에서 쉬고 있거라! 무도한 대종교의 무리들을 물리친 후 내 다시 너를 찾을 터인즉!"

나직한 중얼거림.

그 잔향이 채 사라지기도 전에 서화 진인은 운현선거를 빠져나갔다.

청백한 하늘.

저 멀리 보이는 월석협의 기암괴봉만은 사정이 달랐다. 희뿌연 연기가 쪽빛 하늘을 잔뜩 어지럽히고 있었다.

第七十五章

강탈흉갑(强奪胸甲)
마신흉갑과 마정을 강제로 빼앗겨 버리고 말다

두근!

운검은 문득 심장이 뛰는 걸 느끼고 가슴팍에 손을 가져다 댔다.

심장의 거센 뛰놀음.

평상시완 조금 다르다. 고통스럽다기보다는 설레이는 듯 기묘하다. 마치 봄날을 맞은 계집아이가 춘정을 느낀 것과 다름이 없다.

'이, 이거 뭐지?'

운검은 제멋대로 뛰놀고 있는 심장의 박동을 진정시키기 위해 전력을 다했다. 은근히 자하신공까지 일으켜서 마정이 자리 잡고 있는 심장 주변의 기맥들을 보호했다. 그렇게 함으로써 혹시라도 있을지 모르는 심맥의 손상을 방지하고자 했다.
바로 그때다.
심장의 박동에만 정신을 집중하고 있던 운검의 뇌리 속에서 예의 공명음이 일었다.

―네 적수가 아니다!

"뭐라구?"
운검은 자신도 모르게 대답한 후 재빨리 주변을 살폈다. 혹시라도 전음입밀이나 천리전성 같은 전음법으로 말을 건 당사자가 있는지를 확인한 것이다.
없었다.
그런 자는 눈을 씻고 찾아봐도 존재하지 않았다.
그럴 수밖에 없다. 애초에 무림 중에서 말하는 절대지경의 경지를 훌쩍 뛰어넘은 운검이다. 이렇게 완벽할 정도로 기척을 죽인 채 전음을 날릴 수 있는 자가 존재할 리 만무하다.
그렇다면 이걸 어찌 해석해야만 하는가!
운검이 고심에 빠졌을 때였다. 기다렸다는 듯 다시 그의 뇌리 속에서 또렷한 목소리가 울려 퍼졌다.

―네 적수가 아니라고 했다! 이대론 이기지 못한다고! 그러니까……

'그러니까 나한테 뭘 요구하는 거지?'
 운검은 내심 질문했다. 처음처럼 미친놈마냥 소리치지 않고 냉정한 대처를 보인 것이다. 그러자 목소리가 이어졌다.

―잘 알고 있지 않으냐, 네가 그날부터 스스로 존재한 것이 아니라는 것을. 그렇지 않은가?

'너! 너는 설마……'
 운검은 뒷말을 얼버무렸다. 굳이 대답을 듣지 않고도 알 수 있었기 때문이다. 느닷없이 그의 뇌리 속에서 울려 퍼진 목소리의 정체를 말이다.
 목소리가 확인시켜 줬다.

―나? 나는 바로 너 자신이다! 네 녀석이 무공을 잃은 후 줄곧 의지해 왔던 너 자신!

"그렇지 않아!"
 운검은 버럭 소리쳤다. 무언가를 떨쳐 버리려는 듯이.
 더불어 그는 품에서 대원금도를 꺼내 들었다. 단전에서 일

강탈흉갑(强奪胸甲) 131

어나 심맥을 감싸고 있던 자하신공 역시 극단적일 정도로 강력하게 일으켰음은 물론이다.

―그래! 그 정도는 되어야지. 하지만 곧 너는 네 자신의 부족함을 깨닫게 될 거다. 그리고 내 도움을 갈구하게 될 거야. 마신흉갑과 함께 말야.

"그렇지 않다고 했다!"
운검이 다시 목청을 높였다. 그리고 꺼내 든 대원금도에 자하구벽검의 검기를 담았다.
순간 일어난 역천의 검기!
초고속의 검기인 십년마일검이 번개같이 천공을 갈랐다. 노을빛 찬연한 자하신공의 기운을 잔뜩 머금고서 말이다.

번쩍!
천공에서 떨어져 내리던 벼락이 거꾸로 방향을 바꿨음인가!
적어도 마신비행을 펼쳐서 공동산을 향해 날아들고 있던 사우영에겐 그리 느껴졌다.
목표?
굳이 고민할 필요가 없었다. 순식간에 검기의 형태를 이룬 자하의 뇌전이 놀랍도록 빠르게 그의 심장을 노리며 파고들어 왔기 때문이다.

'기갑호신으로 막아볼까?'

다른 때 같았으면 사우영은 고민조차 하지 않았을 터다. 대막의 대종교 성전을 떠나며 그런 인간적인 감정 같은 건 잊어버린 지 오래였다.

하지만 그는 지금 혼자의 몸이 아니었다.

영도자의 입장이었다.

대종교를 떠난 후 휘하에 받아들인 무수히 많은 마도의 영웅들이 뒤를 따르고 있었다. 구대문파 중 하나인 공동파를 멸하는 건 목표로 했던 중원정벌의 첫보였다. 이런 상황에서 과거 혼자 몸이던 때처럼 모험을 감행할 순 없었다.

게다가 그에겐 어느새 마음 한 켠을 차지해 버린 북궁상아를 한시라도 빨리 되찾아야만 할 목표도 있었다. 그녀를 자신의 품으로 돌아오게 만들지 않고선 어떤 것도 의미를 부여할 수 없었다.

휘릭!

일순 사우영이 장대한 몸집을 공중에서 한차례 뒤집었다.

그것만으로 끝일 리 없다.

더불어 그의 수장이 활짝 펼쳐졌다. 정확히 자신을 노리며 파고든 자하의 검기를 향해서였다.

쩌쩡!

사우영의 장심을 중심으로 일시 수십 줄기의 벼락이 튀어

나왔다.

강환.

그것도 하나하나가 초절정고수의 호신강기를 단숨에 함몰시켜 버릴 수 있을 정도의 위력이다. 뇌전처럼 파고들던 자하의 검기가 일순 흔적도 없이 사라졌다. 마황십도의 하나인 혈천강살(血天罡殺)의 초현이었다.

"큭!"

운검의 입에서 나직한 신음이 터져 나왔다. 입가엔 어느새 핏줄기마저 흘러내리고 있다.

자하구벽검.

이는 전적으로 자하신공의 힘에 의존해서 펼쳐지는 초절의 검학이다. 검기의 하나하나가 모두 보이지 않는 실처럼 운검의 자하신공과 연결되어 있었다.

당연히 자하검기에 전이된 힘은 모조리 운검의 체내로 전달되었다. 자하구벽검과 운검이 한 몸이라 할 수 있는 건 바로 이 때문이었다.

지금 역시 마찬가지다.

운검은 사우영이 쏟아낸 혈천강살에 함몰된 십년마일검의 검기로 인해 강한 타격을 입었다. 여태까지처럼 천사심공이 저절로 일어나 이렇게 되리란 예상을 전혀 하지 못했던 것도 예상 이상으로 중상을 당한 이유 중 하나였다.

휘청!

운검은 다리에서 힘이 풀려 바닥에 주저앉으려는 몸의 균형을 가까스로 바로잡았다. 일시 눈앞이 까맣게 변했다. 그 정도의 충격을 당했다. 하지만 아직 정신까지 놓아버린 건 아니었다. 이대로 쓰러질 순 없었다.

그에 따라 맹렬히 일어난 자하신공!

일시 맹렬한 불꽃에 휩싸인 것처럼 마신흉갑이 달아올랐다. 그리고 운검의 귓전을 때리는 경호성!

"운 소협, 위를 보세요!"

'위?'

운검은 멀리서 들려온 팽인영의 목소리를 알아들었다. 아직 충격에서 완전히 벗어난 건 아니나 본능적으로 대원금도를 들어 올렸다. 다시 십년마일검을 펼친 것이다.

쩌쩡!

이번 역시 결과는 마찬가지였다. 대원금도를 통해 일어난 자하검기가 마치 강력한 철벽에 부딪친 것 같은 꽝음과 함께 소멸해 버렸다. 후폭풍 역시 마찬가지다.

하지만 다른 점 역시 있었다.

운검의 대응이다.

빙글.

운검은 십년마일검과 더불어 구궁보를 펼쳤다. 현란한 움직임으로 자신이 서 있던 장소에서 벗어난 것이다. 그리고 그와 동시였다.

콰득!

방금 전까지 운검이 위치했던 지표면에서 맹렬한 폭발이 일어났다. 자욱한 먼지 역시 휘날린다. 곰처럼 거대한 덩치를 한 사우영이 일으킨 천재지변이었다.

"대종교의 마두?"

운검의 외침에 사우영이 입가를 감도는 먼지를 뱉어내며 특유의 굵직한 미소를 던졌다.

"하하, 정말로 마신흉갑을 입고도 무사한 자가 존재할 줄은 몰랐는데… 화산파의 승룡비천검 운검이겠지?"

"대답은 들은 것으로 알겠다!"

운검이 차가운 일갈과 함께 대원금도를 들어 올렸다. 어느새 진홍의 불길 속에 휩싸여 있는 마신흉갑과 동일한 자하의 검기가 물씬 배어 나오고 있다. 아슬아슬하게 마정이 폭주하지 않을 정도까지 전력을 끌어올린 것이다.

그로 인해 순식간에 좁혀져 오는 간격.

'괴이하군. 어째서 정파의 적자인 구대문파에 속한 자에게서 낯설지 않은 기운이 느껴지는 게지? 절대적인 마기! 그것도 마황십도에 버금갈 정도의 기운이다! 그건 역시 마신흉갑의 영향인 것인가? 아니면……'

흥미롭게 운검을 살피던 사우영의 두 눈이 번쩍였다. 문득 뇌리를 스치는 생각이 하나 있다.

"…어쩌면 오늘 나는 무척 운이 좋은지도 모르겠군."
"무슨 뜻이냐?"
"말로 내뱉기 전에 몸으로 확인해 보겠다."
"……."

운검이 입을 다물었다. 정확히는 그럴 수밖에 없었다. 여태까지와 달리 사우영 쪽에서 간격을 좁히며 다가들어 오고 있었기 때문이다.

'빠르다!'

운검은 내심 경호성을 일으키며 구궁보를 펼쳤다. 일단 사우영의 무지막지한 돌격을 피한 후 반격에 나서기 위함이었다. 분명 그러려고 했다.

다만 사우영은 여태까지 그가 만났던 어떤 자와도 달랐다.

더욱 강하고 빨랐다!

또한 구대문파 무공의 허실(虛實)에 대해서도 꽤나 잘 알고 있었다.

쩌쩡!

운검의 구궁보가 채 절반의 변화를 보이기도 전이었다. 귀를 찢는 쇳소리와 함께 수십 가닥의 뇌전이 그의 전신을 덮쳐 왔다. 마치 움직임 자체를 미리 예상하고 있었던 것같이.

천지사방(天地四方)!

어디를 봐도 피할 구석이 없다. 구궁보의 변화로는 분명 그러했다.

슥!
 운검이 보신경을 바꿨다.
 신행백변이다.
 더불어 미리 준비하고 있던 자하구벽검 역시 펼쳐 냈다. 금일임휘시로 자신을 향해 직격해 오는 붉은 뇌전을 막아낸 것이었다.
 우웅!
 때맞춰 대원금도가 울음을 토해냈다. 놀랍게도 금일임휘시의 촘촘한 방어막을 붉은 뇌전 하나가 뚫고 파고드는 것과 동시에 벌어진 일이다.
 '막을 수 없는 건 피하는 게 아니다! 맞서야만 한다!'
 운검은 이를 악문채 대원금도를 일도양단하듯 내리쩍었다. 붉은 뇌전을 두 쪽 내려 한 것이다.
 우득!
 순간 대원금도를 따라 전이된 괴력에 운검의 우수가 탈구를 일으켰다. 그 정도의 거력이 단숨에 밀려들어 왔다. 만약 평범한 칼이었으면 당장 두 조각으로 부러지고 말았을 터다.
 휘리릭!
 운검의 신형이 공중에서 뒤로 맹렬히 공중제비 돌았다. 그런 식으로 대원금도로 잘라내지 못한 붉은 뇌전의 여력을 해소시키려고 했다.
 그러나 사우영은 구궁보뿐 아니라 신행백변의 변화 역시

알고 있었다. 두 가지 상이한 보신경을 연달아 펼쳐 낸 운검의 임기응변에는 감탄했으나 곧 변화의 흐름이 어떻게 이어질지 예상해 냈다.

스슥!

단숨에 몇 보를 앞으로 내딛은 사우영의 주위에서 거센 회오리가 일어났다.

용권풍?

겉으로 보기엔 그렇다.

하지만 그 속에 숨겨진 위력은 시각적인 효과완 달랐다. 용권풍을 따라 일어난 음파의 거센 파고였다.

"크악!"

뒤로 연달아 공중제비 돌며 사우영과의 간격을 벌리던 운검의 입에서 비명이 터져 나왔다. 음속의 속도로 고막을 공격해 들어온 마벽음의 격한 파고에 손쓸 틈도 없이 당해 버린 것이다.

우당탕!

바닥에 비참할 정도로 내동댕이쳐진 운검의 모습에 팽인영이 새된 비명을 터뜨렸다. 그녀는 당장에라도 탄쟁협을 떠나 운검을 도우려 달려오려 했다.

"운 소협!"

"……."

운검은 대답할 수 없었다. 어느새 그의 귓속에서 피가 흘러내리고 있었다. 고막 안쪽에 자리 잡은 세반고리관이 흔들려서 얼른 일어서지도 못할 정도의 타격을 입은 까닭이다.

그러나 그는 얼른 손을 들어 보였다.

팽인영으로 하여금 절대로 탄쟁협을 벗어나지 말라는 경고의 뜻이었다.

"아아!"

팽인영이 안타까운 마음에 발을 동동거렸다. 그러나 그녀는 총명한 여인이었다. 운검이 손을 들어서 자신이 다가오는 걸 제지한 이유를 이미 눈치채고 있었다.

'나와 운 소협의 무공 격차는 확연하다. 그런 운 소협이 막아내지 못하는 상대라면 내가 합세한다 한들 전세를 역전시킬 가능성은 없는 게 당연해. 오히려 지금 내가 달려든다면 운 소협의 짐이 될 가능성이 높아. 그럼 어찌해야 되지?'

팽인영이 내심 고심하고 있을 때였다.

어느새 사우영이 성큼 운검 곁으로 다가섰다. 혈천강살에 이어 마벽음에 직격을 당하고도 즉사를 면한 운검에게 깊은 감명을 받은 표정이다.

"설마 이걸로 끝은 아닐 테지? 화신파에는 아직도 꽤 많은 무학이 남아 있을 텐데?"

"으득!"

운검이 이를 악물었다. 억지로 쥐고 있던 대원금도에도 다시 자하구벽검을 일으켰다. 그리고 한 번도 사용해 본 적이 없는 왼손으로 펼쳐 냈다.

십년마일검!

초고속의 자하검기가 지척에 이른 사우영을 노렸다. 당장 그의 미간 사이에 붉은 혈흔을 만들어내려 했다.

휘청!

사우영은 한차례 장대한 신형을 비틀거렸을 뿐이다. 꿈쩍도 하지 않고서 기갑호신으로 십년마일검을 받아낸 것이다.

히죽!

더불어 특유의 선 굵은 미소가 입가에 번져 나온다. 만족감의 발로이다.

"역시 정파의 연약한 무공 따위가 본 교의 마황십도를 이길 수 있을 리가 없는 게지. 애초 구천마제 선배를 죽인 전설의 검학이라기에 지나치게 높게 평가하고 있었던 것 같군."

"……."

운검은 대답하지 않았다. 자신의 십년마일검을 맨몸으로 받아내는 자가 있다는 것에 놀라서다. 전날 심장을 꿰뚫어서 죽였던 구천마제 위극양 말고도 말이다.

스슥!

운검의 대원금도가 다시 변화를 일으켰다.

상인미중시.

속도를 버리고 변화를 택했다. 찌르기가 아니라 베어내기로 사우영의 기갑호신을 연달아 격타했다.

그것만으로 끝일 리 없다.

뒤이어 금일임휘시가 펼쳐진다. 이번에는 자하검기를 연속적으로 중첩시킨다. 그럼으로써 보통의 검강을 월등히 상회하는 탄검강을 만들어냈다.

"이건……."

사우영이 비로소 반응을 보였다. 순간적으로 상인미증시에 깎여 나간 자신의 기갑호신을 단숨에 허물고서 파고들어 오는 금일임휘시에 놀란 것이다.

그러나 그 순간 느닷없이 그의 전신을 휘감은 수백 줄기의 벼락과 용권풍!

운검이 억지로 펼쳐 낸 금일임휘시의 탄검강이 일순 흔적도 남기지 않은 채 소멸해 버렸다. 또 다른 마황십도의 하나인 풍우뇌벽(風雨雷擘)의 위력을 감당해 내지 못한 것이다.

게다가 풍우뇌벽의 진짜 위력은 단지 그뿐만은 아니었다.

용권풍과 어우러진 수백 가닥의 뇌전!

그것들이 일시 사우영의 엄지손가락으로 몰려들더니, 곧 빛보다 빠른 섬광으로 변했다.

번쩍!

운검의 신형이 섬광의 직격과 함께 뒤로 풀쩍 나뒹굴었다. 다시 팽인영의 비명이 터져 나왔다. 그녀는 더 이상 생각할 것도 없이 압도적인 무력을 지닌 사우영에게 달려들었다. 어떻게든 운검을 구하기 위함이었다.

그러나 그 순간 또다시 상황이 변했다.
빙글!
바닥에 대 자로 뻗었던 운검이 일순 신형을 굴신하더니, 기괴할 정도의 움직임을 보이며 사우영의 머리 위로 뛰어올랐다. 풍우뇌벽이 다시 그를 노렸음은 물론이다.
타탕!
이번에도 풍우뇌벽은 운검의 몸을 정확하게 격타했다. 다만 처음과 같은 위력을 발휘하진 못했다. 마치 철판을 때린 듯 섬전 자체가 튕겨져 날아갔다.
"마신흉갑!"
사우영의 입에서 나직한 신음이 터져 나왔다.
더불어 그의 좌수를 떠난 몇 가닥의 뇌전이 도신합일(刀身合一)을 한 채 날아들고 있던 팽인영을 직격했다.
"악!"
팽인영이 비명과 함께 비참하게 바닥으로 떨어져 내렸다. 운검을 경계하느라 평소보다 위력이 반감되긴 했으나 팽인영을 쓰러뜨리기엔 충분한 혈천강살이었다.
그리고 돌려진 시선.
사우영의 눈앞에서 두 번이나 풍우뇌벽의 직격으로부터 운검의 생명을 지켜준 마신흉갑은 강렬한 마기를 물씬 뿜어내고 있었다. 마도의 기린아(麒麟兒)를 일시 움츠리게 만들 정도로 압도적인 마기의 방출이었다.

더불어 운검 역시 바뀌었다.

첫 번째 풍우뇌벽의 직격에 정신을 잃어버린 그의 두 눈은 지금 새하얗게 불타오르고 있었다. 무의식 상태에서 압도적인 위력을 발휘하는 탈혼백안이 발현되었다.

그것만으로 끝일 리 없다.

곧 마신흉갑의 마기에 휩싸여 있는 운검의 전신에서 수십 개의 강환이 사우영을 노리며 쏟아져 나왔다. 피시전자의 정신을 뒤흔들어 놓는 탈혼백안에 이은 강력한 파괴력의 마환접천으로 단숨에 승부를 끝내려 한 것이다.

그러나 사우영은 애초 운검의 탈혼백안에 전혀 심력이 흘어지지 않았다. 대종교에서 흘러나온 마도의 한 갈래라 할 수 있는 구천마제 위극양의 마공이학이 그에겐 절대로 영향을 미칠 수 없었다.

스슥!

사우영은 오히려 앞으로 나섰다. 기갑호신을 최대한 끌어올려 마환접천에 맞서는 한편 풍우뇌벽의 정화를 엄지손가락에 잔뜩 집중시켰다.

부들부들!

운검의 몸이 공중에 뜬 그대로 마구 떨렸다.

힘 대 힘!

사우영과의 대결에서 완패를 당해 버렸다. 어디 다른 곳으로 도망갈 수도 없게 되어버린 것도 무리는 아니다.

사우영이 다시 입가에 미소를 매달았다.

"구천마제 위극양 선배? 역시 그랬던 것이었소?"

"……."

운검은 대답이 없다. 사우영 역시 기다리지 않은 듯 풍우뇌벽의 기운을 운검에게 집중시키며 말을 이었다.

"선배에게 실망했소. 그래도 나는 선배가 사부님에게 대항한 것을 무척이나 높게 생각했었는데… 고작해야 훔쳐 간 귀원마공을 이용해 자신의 몸을 바꾸려는 얄팍한 생각이나 하고 있었을 줄이야!"

운검의 목소리 역시 바뀌었다.

"…이게 내 최선이라고 생각하는 것이냐?"

"아! 이제야 대답하는 것이오? 물론 천하제일마로까지 일컬어졌던 선배의 귀원마공이 이 정도일 거라곤 생각하지 않소. 아마도 새로 얻은 몸의 본 주인을 장악하는 데 실패했기에 실제 능력의 상당 부분을 발휘하지 못하고 있는 거겠지?"

"그렇다! 이 망할 화산파의 애송이가 생각보다 정파의 무공에 대한 깨달음이 높았던 데다 더럽게도 의지가 강해서 귀원마공을 발현시키는 데 애를 먹었다. 게다가 하필이면 중간에 마신흉갑을 얻어서 귀원마공이 제어를 당할 줄이야!"

원통하다는 듯 말하는 자.

그는 사우영의 말대로 운검이 아니었다. 불사의 마공이라 불리는 귀원마공을 이용해 운검의 몸을 빼앗으려 했던 구천마제 위극양 본인이었다.

사우영으로선 흥미를 느끼지 않을 수 없다. 어쩌면 평생 절대로 뛰어넘을 수 없을 거대한 벽이라 여겼던 사부 대막마신을 능가할 수 있는 기회를 잡은 것일지도 몰랐기 때문이다.

운검의 얼굴을 한 위극양이 그 같은 사우영의 내심을 천사심공으로 읽었다. 입가에 사악한 미소가 번져 나온다.

"놀랍게도 네 녀석은 마황십도 중 네 가지를 자유자재로 사용할 수 있더구나! 세월의 힘만을 뛰어넘을 수 있다면 대막마신이라도 능가할 수 있을 것이다!"

"헛소리!"

"헛소리?"

사우영의 일갈을 따라 한 위극양이 입가의 미소를 더욱 짙게 만든 채 말했다.

"내 귀원마공은 네게 대막마신 늙은이와 동일한 힘을 부여해 줄 것이다. 그런데 어찌 내 말이 헛소리란 말이냐?"

"화산파의 애송이 다음은 난가?"

"자신이 없나 보군. 화산파의 애송이조차 내 유혹에 넘어가지 않았다. 만약 네 녀석에게 얻어맞아 정신을 잃어버리지 않았다면 난 녀석의 몸속에서 죽음을 맞았을지도 모른다. 그러니……."

"그러니 내 몸속에 선배를 받아들이란 거요?"

"그렇다! 그리한 후 마신흉갑 역시 취하거라! 불사의 귀원마공과 삼신기 중 하나를 취해서 대막마신 늙은이를 죽여라! 네가 새로운 마신이 되란 말이다!"

"……."

사우영은 대화가 진행된 후 처음으로 입을 다물었다.

유혹.

위극양의 속삭임은 더할 나위 없이 감미로웠다. 그리고 불쾌했다. 마치 사우영 본인조차 눈치채지 못하고 있었던 속마음이 낱낱이 까발려진 것 같았기 때문이다.

'귀원마공을 내 것으로 만든 후 미녀살혼과 마광일섬 역시 취한다면 나는 마황십도 중 일곱을 얻게 되는 셈이다. 거기에 더해 삼신기 중 하나인 마신흉갑의 힘 역시 밝혀낼 수 있다면… 후일 사부 역시 능가할 수 있을지도 모른다! 분명 그래…….'

부르르!

달콤한 상념이다.

그로 인해 사우영의 장대한 몸이 가벼운 진동을 일으켰다. 그만큼 위극양의 제안은 감미로웠다. 지옥 깊숙한 곳에 위치한 어둠의 저편만큼 아득했다.

'그런데 내가 평소부터 이렇게 생각이 많았던가? 아직 나는 중원정벌조차 하지 못한 상황이다! 사부를 상대할 생각을 하는 건 이르다!'

사우영이 문득 굵직한 고개를 가로저어 보였다. 자신답지 않은 상념의 정체가 바로 위극양의 꼬임임을 직감했기 때문이다.

"콰득!"

뒤이어 풍우뇌벽이 여지없이 마신흉갑을 향해 뻗어나갔다.

정확히 심장이 자리한 부위.

단숨에 꿰뚫고서 심장을 끄집어내려 한다. 그 정도의 각오를 담은 일격을 뻗어낸 것이다.

"크악!"

운검의 입이 다시 벌어졌다.

상상을 불허할 정도의 고통으로 인해 의식 저편으로 튕겨져 날아가 버렸던 정신을 일시적을 회복했다. 그로 인해 위극양의 영향에서 벗어났음은 물론이다.

더불어 있는 대로 부릅 뜨여진 두 눈.

더 이상 탈혼백안이 존재하지 않는 운검의 두 눈을 차갑게 노려보며 사우영이 심장 부위에 닿아 있는 엄지손가락에 더욱 힘을 가했다. 풍우뇌벽에 더해 혈천강살까지 일으켜서 마신흉갑의 마기를 억누르고 그와 함께 이어져 있는 귀원마공을 제압해 들어갔다.

덜그럭! 덜그럭!

그로 인해 운검이 받는 고통은 인간이 상상할 수 있는 범주를 깨끗이 뛰어넘었다.

그는 펄펄 끓는 쇳물 속에 뛰어든 듯 전신을 마구 떨어댔다.

피가 끓어오르고 혈맥 전체가 폭발할 듯 팽창했다.

더불어 전신의 뼈마디 역시 마구 뒤틀린다. 흡사 콩을 볶는 듯한 격한 괴음이 터져 나왔음은 물론이다.

사우영은 개의치 않았다.

그는 애초부터 운검이 죽거나 말거나 관심조차 없었다. 다만 양대 마황십도를 집중해서 마신흉갑을 탈취하려 했다. 강제로 삼신기 중 하나를 자신의 것으로 만들려 한 것이다.

끼긱!

끼기기긱!

결국 마신흉갑이 흉측한 울음을 토해내며 운검의 몸에서 벗겨져 나왔다. 마치 뱀이 허물을 벗는 것이나 다름없었다. 그런 식으로 운검은 마신흉갑을 탈취당하고 있었다.

그런데 막 사우영의 수중에 마신흉갑이 완벽하게 들어가기 직전이었다.

"크아악!"

운검의 입이 다시 크게 벌어졌다.

한 덩이의 피화살이 사우영의 얼굴을 노리며 파고들었음은 물론이다.

그렇게 흐려진 시야.

마신흉갑의 강제가 사라지는 것과 동시에 해방된 마정이

운검의 전신혈맥을 타고 미친 듯한 폭주를 일으키기 시작했다. 의도적으로 운검이 그리 만들었다. 이런 식으로 사우영에게 마신흉갑과 생명을 모두 빼앗길 순 없다는 판단이었다.

그에 따라 폭발적으로 증가한 내력과 마기!

일시 구천마제 위극양 생전 당시에 근접할 정도의 내기를 얻게 된 운검의 손에 다시 대원금도가 들렸다. 아니, 곧바로 그의 손을 벗어나 사우영을 노렸다.

천우도무검!

이기어검에 해당하는 자하구벽검 최강의 초식이 자하신공이 아닌 구천마제의 마기를 담은 채 사우영에게 파고들었다.

위치는 지척.

결코 피할 수 없고 실패할 수도 없는 일격이었다.

그러나 사우영은 이조차 기갑호신으로 막아냈다. 대원금도가 미간 사이를 꿰뚫기 바로 직전에 멈춰 버린 것이다.

그리고 움직인 수장.

마치 시간이 멈춰 버린 것처럼 움직인 사우영의 손이 대원금도를 장난스러울 정도로 간단히 붙잡아 내동댕이쳐 버린다. 만약 옆에서 누군가 이 광경을 봤다면 운검의 천우도무검이 충분할 정도로 빠르지 못했다고 여겼을 터다.

아니다.

그렇지 않았다.

운검의 천우도무검은 십년마일검을 뛰어넘을 정도로 빨랐

다. 위력 역시 막강했다. 하지만 사우영의 기갑호신을 파괴시킬 정도는 되지 못했다.

운검이 이를 모를 리 없다.

그는 다시 핏덩이를 토해낸 후 나직이 중얼거렸다.

"강하군. 구마련주보다 더."

"물론이다."

나직한 중얼거림과 함께 사우영이 다시 빈손이 된 수장을 운검을 향해 뻗어냈다.

파츠츠!

혈천강살이 마정의 폭주를 이용해 최강의 천우도무검을 펼친 후 서서히 붕괴를 일으키기 시작한 운검에게 파고들었다. 그리고 그의 전신을 거미줄처럼 휘감고서 자신의 곁으로 끌어당겼다.

"크악!"

다시 운검의 입에서 비명이 터져 나왔다.

더 이상 육신이 마정의 폭주와 혈천강살의 외부적 압력을 견디지 못하고 폭발하려 했다. 당장 그리될 것 같았다.

그런데 이게 어찌 된 일인가!

갑자기 운검의 심장 부위가 불쑥 융기를 일으켰다. 마치 폭발을 앞둔 화산이나 다름없다.

그것만으로 끝일 리 만무하다.

급속도로 융기를 일으킨 심장 부위에서 곧 검붉은 구체가 튀어나왔다. 구천마제 위극양의 본체라 할 수 있는 마정이 운검과 함께 죽는 걸 거부하고 제 혼자 탈출을 감행한 것이다.
 쫘악!
 사우영이 기다렸다는 듯 손을 내밀어 마정을 쥐었다. 단단히 옥죄었다. 자신의 혈천강살로 마정 속에 담겨진 구천마제 위극양의 본신을 죽이고 귀원마공만을 취하려는 판단이었다.
 그의 수중에서 미친 듯 날뛰는 마정.
 그러나 동급인 혈천강살이 주는 압력을 피할 순 없었다. 본체를 벗어난 것만으로도 본래의 위력이 절반 이상 감소할 수밖에 없는 까닭이었다.

　　　　*　　*　　*

 "크헉!"
 귀병자를 비롯한 네 명의 동배 장로와 함께 봉황령을 내려오던 서화 진인이 갑자기 입을 딱 벌렸다. 비명과 함께 평소 냉엄하던 안색 역시 크게 일그러져 있다.
 "장문인!"
 "장문 사형!"
 대경한 장로들을 제치고 귀병자가 놀라서 서화 진인에게 다가들었다. 전날 봉명동 앞에서 서화 진인을 죽일 듯 몰아붙였던 사람과 동일인인가 싶을 정도의 모습이다.
 슥!
 서화 진인이 손을 들어 올렸다.
 그렇게 함으로써 귀병자가 곁으로 다가오는 걸 막아냈다.
 "장문 사형……."
 근심 어린 표정으로 귀병자가 바라보니, 서화 진인이 고통으로 하얗게 질린 얼굴을 가볍게 흔들어 보인다.
 "별일 아닐세. 빨리 가세나."
 "하지만 안색이 많이 안 좋아 보이시는데……."
 "언제부터 사제가 내 안위를 그리 많이 챙겼던가? 대종교의 침공으로 일단 전날의 일을 불문에 붙였으나 내 아직 사제의 잘못을 잊지 않았다는 걸 명심하게!"
 "…예."
 귀병자가 대답과 함께 시무룩한 표정을 지어 보였다. 내심 서화 진인의 쪼잔함을 욕하는 걸 잊지 않았음은 물론이다.
 서화 진인이 다른 장로들에게 시선을 던졌다.
 "사제들, 이번 대종교의 침공은 본 파의 존망을 위태롭게 할지도 모르네. 그러니 각자 기꺼이 후학들을 위해 목숨을 내던질 각오를 해야만 할 것일세!"
 "무량수불!"
 "물론이외다, 장문인!"
 장로들이 침중한 도호성과 함께 연달아 고개를 끄덕여 보

강탈흉갑(强奪胸甲)

였다.

 공동파의 진산절학을 후학에게 남기는 일!

 그것이야말로 수백 년 전통의 명문정파에서 가장 먼저 생각할 일이었다. 지금같이 문파의 존망을 장담할 수 없는 상황에 이르렀을 때엔 더욱 그러했다.

 '환마혈환이 당장에라도 미쳐서 날뛰려 하고 있다. 운 소협의 마신흉갑과 맞닥뜨렸을 때보다 오히려 더 심해졌어. 여차하면 공동파의 미래라 할 수 있는 쌍수와 사준을 이끌고 탈출해야 할 자가 필요하다. 귀곡자의 후손으로 교수뿐 아니라 진법이나 병법에도 조예가 깊은 귀병자 사제가 적임자일 것이다.'

 장로들의 굳건한 면면과 다소 삐친 상태인 귀병자를 냉엄한 눈빛으로 살핀 서화 진인이 내심 이를 악물었다. 널따란 소매로 감춰진 왼손이 평소보다 두 배쯤 부풀어 오르고 있었다. 환마혈환의 폭주를 억지로 막느라 벌어진 일이었다.

 '허허, 결국 서금 사형께 진 대죄를 갚는 건 어렵게 된 것인가? 내 대에서 반드시 공동파를 구대문파의 수좌로 올려놓으려 했건만.'

 내심 쓰게 웃은 서화 진인이 다시 탄쟁협으로 걸음을 옮기기 시작했다. 그리고 장로들과 귀병자 역시 묵묵히 그 뒤를 따라갔다.

 서화 진인에 의해 갑자기 바뀐 작전.

그것은 다름 아닌 일대제자와 이대제자들이 촘촘하게 펼쳐 놓은 진세의 힘을 빌리지 않는 것이었다. 문파의 최고 고수들이 선봉에 서서 시간을 버는 동안 후학들을 피신시키기 위함이었음은 물론이다.

*　　*　　*

 흠칫!
 평상시와 다름없이 봉황림을 우아하게 거닐고 있던 위소소는 가냘픈 어깨를 슬쩍 떨어 보였다.
 한기(寒氣).
 소수현마경을 완성한 후 완전무결한 한서불침에 이른 그녀에겐 의아로운 현상이다. 설사 한겨울에 홑옷 하나만 걸치고 있다 해도 이 정도의 한기를 느끼는 일은 없을 터였다.
 합당한 이유가 없을 리 만무하다.
 위소소는 양손으로 슬며시 양어깨를 감싸 안은 채 미간 사이를 좁히다 곧 한 가지 사실을 깨달았다.
 '전날 운 소협을 피한 직후부터 줄곧 느껴왔던 안존감이 사라졌다. 소수현마경의 형제인 천사심공과의 공명이 완전히 사라져 버렸어. 어떻게 이럴 수가 있는 거지?'
 위소소는 똑똑한 여인이다.
 그녀는 그리 오래지 않아서 합당한 이유 하나를 떠올렸다.

강탈흉갑(强奪胸甲)

'운 소협에게 문제가 발생했구나! 그렇지 않고선 내게 갑자기 이런 이변이 일어날 리 없어!'

소수현마경을 완성하며 평범한 인간들의 삶을 좌우하는 칠정육욕(七情六欲)으로부터 해방된 위소소였다. 하지만 그런 그녀에게도 운검은 매우 특별한 존재였다. 너무나 특별해서 재회를 은연중에 피하기조차 했을 정도였다.

그래서였을까?

운검에게 이변이 벌어진 걸 감지한 위소소는 마음이 크게 초조해졌다. 그녀답지 않게 커다란 혼란 속에 빠져들어 버렸다. 일시 어찌해야 할 바를 모르게 된 것이다.

그런 그녀에게 백묘가 다시 다가갔다. 전날 몇 차례나 발에 걷어차이고도 녀석은 아직 예쁨받는 것을 포기하지 않았다. 어떻게든 새로운 주인인 위소소에게 사랑을 받고 싶었다.

메에! 메에에!

느닷없는 백묘의 울음소리에 위소소가 급작스런 혼란에서 벗어났다. 처음부터 아예 마음속의 혼란 따윈 존재한 적도 없던 것처럼 순식간에 안정을 되찾았다.

추수와 같은 눈동자.

더할 나위 없이 아름다운 위소소의 시선을 접한 백묘가 얼른 다가와 애교를 부렸다. 여전히 거대한 덩치를 위소소의 품속에 슬그머니 묻고서 이리저리 부벼댔다.

콰악!

위소소의 주먹이 불끈 쥐어졌다.

전날 같으면 당장 애교 부리는 백묘에게 권각을 날려서 흠씬 두들겨 패줬을 터였다. 인간에게도 별다른 마음의 편린을 남기지 않는데, 한낱 미물의 애교 같은 것에 신경을 쓸 일이 있을 리 만무했다.

하지만 위소소는 슬그머니 주먹에서 힘을 풀었다.

자신의 품에 머리를 부벼대는 짐승의 덕분에 소리소문도 없이 찾아들었던 마음속의 한기가 조금쯤 가셨음을 느낀 까닭이다. 일단 그렇게 생각되었다.

'이런 미물조차 자신이 좋아하는 것에 망설임을 보이지 않는다! 나는 어째서 여태까지 계속 머뭇거리고 할 일을 잊어버리고 있었단 말인가!'

깨달음은 불현듯 찾아왔다.

그렇다면 이런 곳에서 머뭇거리고 있을 이유가 없다.

"별도의 명령이 있을 때까지 이곳에서 대기하고 있도록!"

"존명!"

살왕령주가 얼른 복명했다. 휘하의 살왕령 살수들과 염왕대 무사들 역시 한 점의 망설임 없이 그 뒤를 따랐다.

일별조차 없었다.

위소소는 복명성에 대답조차 없이 백묘를 떼어내고 곧바로 신형을 바람처럼 띄워 올렸다. 여태까지 계속 그녀를 괴롭혀 왔던 마음속의 진실을 확인하기 위해 공동산으로 향한 것이다.

 메에! 메에에!

 백묘가 느닷없이 자신의 곁을 떠난 위소소의 뒷모습을 눈으로 쫓으며 나직이 울음을 토했다.

 아쉬움이 가득하다.

 떠날 땐 떠나더라도 먹을 거라도 좀 주고 가야 하지 않느냐는 불만 역시 섞여 있었다. 여태까지 자신의 애교를 받아준 주인들이 결국 그러했듯이 말이다.

第七十六章
살수지왕(殺手之王)
살왕의 앞에선 협의지심조차 작은 만용에 불과하다

華山
劍宗

털썩!

운검이 무릎을 꿇으며 바닥에 주저앉았다.

의식?

중간에 잠깐 돌아왔던 것이 무색할 정도로 까마득히 먼 저편으로 날아가 버렸다. 바닥에 곧바로 뻗지 않은 것은 그전에 이미 의식을 잃어버린 까닭이었다.

게다가 그가 잃어버린 건 의식뿐이 아니었다.

당장에라도 숨결이 끊겨 버릴 듯 엄엄해진 기식에 칠공에선 어느새 가느다란 핏줄기가 흘러내리고 있었다. 즉사를 면한 것만도 다행인 상황이었다.

그런 운검을 사우영은 전혀 개의치 않았다.

그럴 수밖에 없었다.

그의 양손엔 지금 순수한 귀원마공의 정화가 된 마정과 마신흉갑이 쥐어져 있었다. 이미 완벽할 정도로 무력 해제를 당한 상태인 운검에게 신경을 쓸 여지가 있을 리 만무했다.

치익!

치이이이이이이익!

일시 사우영의 양손이 검붉게 물들었다. 마정과 마신흉갑이 뿜어내는 상이하면서도 상호보완적인 마기를 혈천강살의 힘으로 무마시키기 위함이었다. 그리 멀지 않은 탄쟁협에 어느새 수십이 넘는 공동파 일, 이대제자들이 모여들었으나 관심조차 보이지 않았다.

완벽한 무시!

그것밖엔 다른 말을 찾을 수 없는 행동이다.

"무, 무량수불!"

"으! 저런 마귀가 공동산에 올랐는데도 참고 있어야만 한다니!"

탄쟁협에 모인 공동파 제자들의 필두.

공동쌍수는 사우영의 안하무인격인 행동에 분노하면서도 감히 탄쟁협을 벗어나려 하지 않았다.

그럴 수밖에 없다.

그들은 월석협에서 봉화가 치솟아오른 직후 사준과 함께 가장 먼저 탄쟁협에 이르렀다. 자연히 두 눈으로 보고도 믿기 힘든 사우영과 운검의 대결을 목도하지 않을 수 없었다.

평생 처음 보는 초인 간의 대격전!

너무 놀라서 정파의 협기나 구대문파 사이의 의리조차 미처 떠올릴 겨를이 없었다.

운검이 피떡이 되어 비참하게 바닥에 쓰러지고, 그를 구하려 뛰어들었던 팽인영이 역시 생사불명의 상태가 되는 광경을 그저 지켜봤다. 자신들 전체가 달려든다 해도 결코 눈앞의 사우영의 행사를 막을 수 없음을 직감적으로 눈치챘기 때문이다.

게다가 공동쌍수는 사부이자 장문인인 서화 진인에게 미리 엄한 명령을 받은 바 있었다. 어떠한 일이 있더라도 탄쟁협을 벗어나지 말고서 제자리를 지키라는.

당연히 운검과 그에게서 일 장가량 떨어진 자리에 죽은 듯 쓰러져 있는 팽인영은 한동안 덩그러니 방치되어 있었다. 마치 두 사람 외엔 세상 자체가 고요 속에 함몰되어 버린 듯했다. 그런 느낌이었다.

그렇게 잠시의 시간이 흘러갔다.

갑자기 미동조차 없던 팽인영의 몸이 가벼운 움찔거림을 보였다. 정신이 돌아온 것이다.

더불어 그녀는 자신이 방금 전까지 뭘 하려 했는지 역시 기억해 냈다.

"쫘악!"

자연스럽게 도병 쪽에 힘이 들어간다. 내력을 운기한 것 역시 거진 동시에 벌어진 일이었다.

"스륵!"

팽인영은 피투성이가 된 얼굴을 한 채 도신에 몸을 의지해 신형을 일으켜 세웠다. 어느새 망연한 시선은 운검이 쓰러진 장소 쪽을 향하고 있다. 지금 이 순간 그녀에겐 세상의 그 어떤 것보다 중요한 사람이 바로 그였기 때문이다.

"운… 소협……."

팽인영은 나직한 중얼거림과 함께 운검 쪽으로 걸어갔다.

당장 쓰러질 듯 비틀거리는 신형.

억지로 단전에서 끌어올린 내력으로 할 수 있는 건 고작해야 이 정도에 불과하다. 그 정도로 심각한 중상을 당했을 뿐더러 의식 역시 완전히 돌아오지 않은 상황이었다.

그런데도 팽인영은 움직이고 있었다.

운검의 안위에 대한 걱정!

그 같은 일념이 그녀에게 초인적인 힘을 불어넣어 주고 있었다.

"이런!"

"저럴 수가……."

공동쌍수가 나직이 신음을 토해냈다.

여류에 불과한 팽인영이다. 비록 그녀의 뒷배경이 하북팽가와 구정회라곤 하나 내심 깔보는 마음이 없지 않았다. 도사라도 사내는 사내이기 때문이다.

그런데 지금 팽인영이 보이고 있는 투혼은 어떠한가!

그게 비록 한 남성에 대한 순애라곤 하나 공동쌍수를 부끄럽게 만드는 데는 결코 부족함이 없었다. 사존의 지엄한 명과 사우영의 놀라운 무위에 잠시 잊고 있던 의협심 역시 불쑥 머리를 들어 올렸다.

"사제, 지금부터 이곳을 맡아주시게나."

"사형, 설마……."

"팽 소저의 죽음을 이대로 두고 볼 순 없지 않겠는가? 그건 결코 정파의 제자가 취할 도리는 아닐 것일세."

"……."

용유의 말에 용수가 침묵했다. 그 역시 그 같은 생각을 떠올린 지 오래였다. 대답에 신중해질 수밖에 없는 게 당연하다.

촤락!

용유가 수중의 불진을 가볍게 휘저어 보였다.

더불어 탄쟁협을 떠나려니, 얼른 용수가 그의 앞을 가로막고 선다.

"사형, 제가 가겠습니다!"

"사제에게 그런 중대한 일을 맡길 순 없네. 사부님께서 내린 장문령을 어긴 죄는 모두 내가 짊어지는 것이 옳을 것이야. 사제는 이곳에서 사준과 함께 정반사상도진의 연환대진의 중심을 맡고 있게나."

"하지만……."

다시 목소리를 높이려는 용수에게 용유가 가볍게 고개를 저어 보였다.

그와 동시다.

그의 불진이 날카로운 파동성과 함께 용수의 마혈을 공격해 들어갔다.

기습이나 다름없는 일격!

용수가 깜짝 놀라 허둥지둥 신형을 옆으로 치워내자 용유가 뒤도 돌아보지 않고 탄쟁협을 떠나갔다. 처음부터 용수를 앞에서 물리기 위한 의도로 펼친 공격이었음이 분명하다.

"사형……."

용수가 나직이 부르짖었다. 어느새 슬쩍 목이 메여 있다. 하지만 용유는 여전히 그에게 시선조차 던지지 않았다. 아니, 그럴 수가 없었다.

탄쟁협에 펼쳐진 진세를 벗어난 것과 동시!

곧바로 팽인영을 향해 신형을 날려가던 용유를 향해 십수 명의 그림자가 모습을 드러냈다.

살왕령.

은밀하면서도 주도면밀한 살수들!

그들이 용유의 앞을 가로막아 선 그림자의 정체이다. 당연히 할 일 없이 모습을 드러냈을 리 없다. 본업을 잊어버린 것 역시 아니었다.

스슥!

스사사삭!

살왕령의 살수들은 모습을 드러내자마자 용유를 에워쌌다. 그리고 익숙한 연수합격에 들어갔다. 단숨에 그가 나아가고 물러날 방위 전체를 봉쇄한 채 살검을 날리기 시작한 것이다.

촤라락!

용유의 불진 역시 움직임을 보였다. 이미 탄쟁협을 떠날 때부터 내력은 충분할 정도로 불어넣고 있었다. 움직임을 보이자마자 강력한 위력을 발휘했다.

따당!

따다다다당!

전후좌우에서 동시다발적으로 용유를 노리며 파고들던 살검들이 불진에 부딪쳐 여지없이 튕겨 나갔다. 마치 두터운 철판을 두드린 것이나 다름없는 모습이다.

하지만 용유는 이것만으로 충분치 않다고 여겼다. 자신의 불진에 튕겨 나간 살검의 뒤로 다시 네 개가 뒤따라 파고들어 왔기 때문이다.

'도(刀)의 진경을 이루기 전까진 결코 발도하지 않으려 했

살수지왕(殺手之王)

건만!'

 내심 눈을 빛낸 용유가 다시 불진을 맹렬히 떨쳐 내며 신형을 급격하게 회전시켰다.

 빙글.

 그와 함께 불진이 왼손으로 옮겨졌다.

 더불어 그의 우수에는 지난 수년간 결코 도갑을 빠져나온 적이 없던 애도 망심(忘心)이 들려져 있었다. 공동쌍수가 된 후 사숙인 귀병자에게 선물받았던 물건이었다.

 차차차차창!

 불진의 압력에 밖으로 튕겨져 나갔던 살검들이 이번엔 망심이 뿌리는 도광에 휩싸였다. 전광이나 다름없는 쾌속도가 후발제인의 수법으로 휘저어진 것이다.

 순식간에 사방으로 뿜어 올려진 핏방울들!

 그 속을 뚫고 용유가 신형을 뽑아 올렸다. 여전히 불진과 도광으로 자신의 몸 전체를 보호한 채였다. 그사이 십여 명의 살수가 어느새 대여섯 명으로 줄어들었음은 물론이다.

 그러나 살왕령의 살수들은 감정을 결코 겉으로 드러내지 않는다. 삽시간에 동료들 몇 명이 목숨을 잃었으나 그들은 전혀 동요하지 않았다. 오히려 침착하게 포위진을 벗어나려는 용유를 다시 붙잡고 늘어졌다.

 그에 따라 또다시 살검들이 날아든다.

 하이얀 햇살에도 시커먼 빛만을 번뜩이는 검날.

필시 약간의 상처만으로도 생명을 위협할 극독이 발라져 있음이 분명하다.

용유는 개의치 않았다.

망심도를 빼 들었을 때부터 이미 전력을 다하기로 마음먹었다. 몇 개의 독검에 굴할 이유가 없다.

카캉!

면전으로 날아들던 두 개의 독검을 날려 버린 망심도가 피의 무지개를 뿜어 올렸다. 일격의 여세만으로 살수 두 명을 죽음으로 인도한 것이다.

더불어 움직인 불진.

좌우 양측으로 파고들어 오던 네 개의 독검을 튕겨낸다. 일단 정지시키고 머뭇거리게 만든다.

그것만으로 충분했다.

다시 움직임을 보인 망심도가 좌우로 회전을 일으키자 네 개의 머리통이 하늘로 날아올랐다.

이격육참(二擊六斬)!

전광석화 같은 공수의 연결이다.

그로써 결국 살수들의 포위진으로부터 빠져나온 용유가 바람같이 움직여 팽인영의 곁으로 다가갔다. 여전히 망심도와 불진으로 전신을 보호하는 걸 잊지 않고서였다.

'오늘 이곳에 모습을 드러낸 자들은 범상한 무림인들이 아니다! 필시 살수! 그렇다면 나만을 노렸을 리 없다!'

용유의 판단은 틀리지 않았다.

그가 팽인영의 곁에 막 도착했을 때였다.

갑자기 예민한 청각을 자극하며 용천혈(湧泉穴) 부근이 간지러워졌다. 막 땅 위에 신형을 내딛기 직전에 벌어진 일이었음은 두말하면 잔소리겠다.

'암습!'

용유가 착지 순간에 발끝을 미묘하게 비틀었다.

그렇게 함으로써 놀랍도록 교묘하게 지축을 뚫고 튀어나온 두 개의 독검을 피해냈다.

빙글.

용유가 신형을 뒤틀며 망심도로 지축을 찍었다. 그로 인해 다시 회전을 보인 그의 신형.

불진 역시 쉬지 않는다.

촤라라라락!

지축을 뚫고 튀어나온 검날을 재빨리 휘감은 불진을 통해 용유가 잔뜩 일으켜 놨던 육합구소신공의 내력을 쏟아냈다. 정파인들이 가장 자신있어하는 정심한 내력을 폭발적으로 뿜어낸 것이다.

효과는 확실했다.

망심도의 도움으로 신형을 바로잡은 용유의 배후에서 불쑥 땅거죽이 튀어 올랐다. 그가 뿜어낸 강맹한 내력에 속이 완전히 뒤집혀 버린 살수들이 모습을 드러낸 까닭이다.

스파앗!

용유가 뒤도 돌아보지 않고 도를 휘둘렀다.

두 개의 수급.

앞서 떠난 동료들과 마찬가지로 피분수를 동반한 채 하늘로 솟아올랐다 바닥에 떨어진다.

그때 용유의 도움으로 살수들의 암습을 피한 팽인영이 결국 운검의 앞에 이르렀다.

피구덩이 속.

완전히 정신줄을 놓아버린 채 주저앉아 있는 운검의 호흡은 가늘기가 실낱이나 다름없었다. 지금 당장 숨이 끊어진다해도 이상하지 않을 것 같다.

"우, 운 소협······."

"······."

팽인영이 운검의 얼굴을 손으로 매만졌다. 총기만이 가득하던 두 눈에는 어느새 그렁그렁 맑은 눈물이 매달려 있었다. 자신 역시 목숨이 위험한 중상을 당한 상황임에도 운검의 상세에만 관심과 걱정이 집중된 모습이다.

'팽 소저······.'

용유의 얼굴에 연민이 담겼다.

그가 보기에 운검은 절명한 것이나 다름없었다. 충만한 내력으로 이미 그의 상세가 팽인영보다도 극심하다는 걸 파악하고 있었다.

당연히 그의 관심사는 운검보다는 팽인영이었다. 그녀 역시 중상을 당한 상태이긴 하나 조치를 빨리만 취한다면 목숨을 건질 수 있을 정도는 되었다. 아직까지 숨이 끊기지 않은 게 기적이라 할 수 있는 운검과는 사정이 달랐다.

'그래도 한 가지 다행인 건 저 악마 같은 마두가 운 소협의 마갑을 빼앗은 후 전혀 움직임을 보이지 않고 있다는 점이다. 아마도 지금 그의 몸 주변에 잔뜩 몰려들어 있는 불길한 마기가 원인일 테지?'

용유가 그리 멀지 않은 곳에 우두커니 선 채 굳어 있는 사우영을 경계심 어린 표정으로 바라봤다. 그의 양손에 들려져 있는 마신흉갑 역시 마찬가지다. 어느새 마정은 사우영의 몸속으로 흡수되어서 흔적조차 보이지 않고 있었다.

그래서인가?

현재 사우영은 마신흉갑으로부터 뿜어져 나오고 있는 격렬한 마기의 폭풍 속에 휘말려 있었다. 그의 너끈히 보통 사람의 두 배쯤은 되어 보이는 거대한 덩치가 옴짝달싹도 하지 못하는 속박에 빠져 있는 것 같았다. 적어도 용유에겐 그리 보였다.

유혹을 느끼지 않을 수 없다.

감미로울 정도로 달콤하고 위험한 감정이 일시 용유의 심사를 뒤흔들었다.

'저자는 악마다! 마침 불길한 마갑의 기운에 휘말려 움직

임이 제한되었으니, 천하무림의 안위를 위해 저 악마를 제거해야만 한다!'

생각은 길고 행동은 빨랐다.

언제 팽인영의 안위에만 관심이 있었냐는 듯 용유가 수중의 망인도와 불진에 잔뜩 공력을 집중시켰다. 지금이 아니면 눈앞의 사우영에 의해 공동파 전체가 피바다로 변할지도 모른다는 위기감의 발로였다.

스으.

일순 그의 신형이 쏜살같이 하늘로 뛰어올랐다.

어느새 가려 버린 태양광.

검은 그림자 속에 자신의 본체를 가린 용유가 환영분허보의 현란한 변화와 함께 필생의 절학인 사상참마도법(四象斬魔刀法)을 펼쳐 냈다.

번쩍!

환영분허보의 변화 속에서 섬뜩한 도광이 줄기줄기 쏟아져 나왔다.

목표는 단 하나!

마신흉갑을 들고서 우두커니 서 있는 사우영이다.

그의 눈을 감고 아무렇게나 칼을 휘둘러도 벨 수 있을 듯이 거대한 몸집이었다.

그런데 이게 어찌 된 일인가!

막 사우영의 천돌혈(天突穴)을 일도양단하려던 용유의 망심도가 요란한 쇳소리를 냈다. 더불어 용유의 신형 역시 눈에 보이지 않는 무형의 장벽에 부딪친 것처럼 실 끊어진 연처럼 뒤로 튕겨져 날아갔다.

스슥!

가까스로 바닥에 나뒹굴지 않고 착지한 용유의 안색은 하얗게 질려 있었다.

심각할 정도로 들끓어오르고 있는 기혈.

중장년의 나이답지 않게 순후한 내력을 지닌 그의 속이 완전히 뒤집혀져 있었다. 어느새 목구멍에선 비릿한 내음까지 치솟아오르고 있는 게 내상을 입었음이 분명하다.

'방수가 아직도 남아 있었던 것인가?'

용유는 억지로 들끓고 있는 기혈을 억누른 채 여전한 사우영의 노려봤다. 그에게 자신이 모르는 무언가가 존재한다는 생각이 들었기 때문이다.

그리고 바로 그때다.

푸확!

불진이 들려져 있던 용유의 좌수가 붉은색 피보라와 함께 바닥에 떨어져 내렸다.

고통?

뒤늦게 찾아왔다. 그 정도로 빠르고 단호한 수법에 당한 것이었다.

"크으!"

고통스런 신음과 함께 용유가 발끝을 재게 놀렸다. 환영분허보를 극한까지 펼쳐서 뒤이어 벌어질 살수로부터 자신을 보호하려 한 것이다.
 그러나 그의 신형이 현란한 변화와 함께 삼 장 밖으로 이동한 것과 동시였다. 마치 기다리고라도 있었던 것처럼 소름 끼치는 통증이 하복부 쪽으로 치고 들어왔다. 방금 전 좌수를 잘라 버린 것과 동일한 수법이었음은 물론이다.
 "크악!"
 신음이 비명으로 변했다. 더불어 눈부실 정도로 빠르고 맹렬한 도광 역시 뒤를 이었다.
 스파앗!
 용유가 기다리고 있던 손맛은 없었다. 놀랍게도 은신을 한 채 환영분허보를 따라붙은 살수는 복부에 한 치가량의 자상(刺傷)만을 남긴 채 뒤로 물러선 것이다.
 덕분에 용유는 잠시 지혈할 틈을 얻었다.
 순식간에 팔이 잘리고 복부에 칼침을 맞았다. 당장 지혈해 놓지 않는다면 과다출혈로 목숨을 잃을 게 분명했다. 어떤 고수라도 몸속의 피를 삼분지 일 이상 잃게 되면 목숨을 건질 수 없는 게 자명하다.
 그런 그의 삼 장 밖.
 어느새 한 명의 음침한 안색을 한 냉면인이 모습을 드러내고 있다. 혈왕령 전체 살수들의 주인이자 구마련 구대마종의 남은 두 명 중 한 명인 살왕 포진의 등장이었다.

그의 수중.

누구 것인지 대충 짐작이 가는 핏물로 물들어 있는 한 자가량의 단검이 들려져 있다. 바로 용유의 팔을 자르고 배에 자상을 남긴 물건임이 분명하다.

완벽히 무장해제를 시켰다고 생각한 것일까?

포진은 곧바로 용유를 죽이지 않고 냉정한 시선을 사우영에게 던졌다. 그의 안위가 현 시점에서 가장 중요하단 판단을 내린 것이다.

'마신흉갑이로구나! 주인은 마신흉갑을 얻은 후 그 마물이 발산하는 마기와의 대결에 들어가 있는 것이야!'

전날.

동료이자 적수였던 혈군자 당무결이 구마련에 입련했을 때 그를 맨 처음 맞은 것이 포진이다. 당연히 생사를 넘나드는 대결을 벌였고, 마신흉갑의 흉험함과 불길함에 대해서도 전해 들은 바 있었다.

그래서 포진은 당무결이 갑작스레 구마련을 배신하고 구정회로 떠난 것에 그리 크게 놀라지 않았다. 어차피 그와 다른 마종들 간에는 처음부터 넘기 힘든 간극이 존재하고 있었다는 생각을 한 까닭이다.

그 같은 염두와 함께 포진의 시선이 탄쟁협과 저 멀리 보이는 월석협을 향했다.

좁디좁은 협곡인 탄쟁협.

포진이 애써 키운 혈왕령의 살수들조차 쉽사리 침투하지 못하고 모습을 드러내고 말았다. 탄쟁협에 펼쳐져 있는 진법의 연계를 뚫을 방법이 결코 쉽지 않아서다.

그 같은 상황은 월석협으로 떠난 염왕귀수 노홍의 염왕대 역시 마찬가지일 터다.

그저 눈으로 대충 살피는 것만으로도 알 수 있다.

월석협의 험준함은 결코 보통이 아니었다. 만약 저곳에 공동파의 고수들이 상당수 포진해 있다면 노홍의 염왕대 역시 상당한 피해를 감수해야 할 게 뻔했다.

'그렇다곤 해도 믿었던 주인께서 갑자기 이런 모습이 되신 건 예상치 못했던 일이다. 일단은 주인을 모신 채 이곳을 벗어나는 게 마땅하겠으나……'

포진은 자신답지 않게 쉽사리 결론을 내리지 못했다.

사우영이 얻은 마신흉갑!

고대마교의 삼신기 중 하나다. 마도의 역사상에 몇 없는 지보라 할 수 있었다. 그런 귀물이 마구 마기를 뿜어내고 있는 상황에서 사우영을 조금이라도 건드릴 순 없었다. 자칫 그가 얻을 무한한 깨달음과 공능을 방해할 수 있었기 때문이다.

그렇다면 결론은 자명하다.

'주인이 깨어날 때까지 이곳을 지킨다! 그러니 우선적으로 해야 할 일은 혹시 일어날지 모를 위험 변수의 제거일 것이다!"

 포진의 신형이 갑자기 자취를 감췄다. 처음 모습을 드러낼 때와 다름없이 순식간에 벌어진 일이다. 특기인 은행마영을 극도로 전개했음이 분명하다.

 퍼억!

 용유의 두 눈이 부릅 뜨여졌다.

 그가 보는 앞에서 잔뜩 도기를 머금고 있던 망심도가 하늘로 날아오르는 광경을 목도했다. 더불어 지독한 고통 역시 뒤따른다. 좌수와 마찬가지로 우수 역시 잘려 버린 것이다.

 "으아!"

 용유의 입에서 울부짖음이 터져 나왔다. 여태까지의 침착함을 완전히 잃어버렸다. 일평생 연마해 왔던 무공을 아무것도 해보지 못하고 잃어버린 현실을 받아들이기가 결코 쉽지 않았다.

 그 짧은 순간!

 평정심을 잃어버린 그때가 바로 용유의 최후였다. 그의 울부짖음이 채 끝나기도 전에 은행마영으로 자신을 숨긴 포진의 단검이 다시 움직임을 보였다.

 혈선(血腺).

 삽시간에 용유의 인후혈을 그어버리며 거센 피보라를 만들어낸다. 살수지왕인 혈왕의 앞에선 협의지심조차 작은 만용에 불과했던 것이다.

"사형!"

용수의 입에서 격한 울부짖음이 터져 나왔다.

방금 전까지 용유가 보였던 분전과 놀라운 무위는 실로 대단했다. 후배인 사준은 물론이거니와 항상 함께해 왔던 용수 역시 내심 찬탄을 금치 못했을 정도였다.

기대가 없을 리 만무하다.

용수는 방금 전까지 일대제자의 대사형인 용유가 위풍당당하게 공동파를 쳐들어온 사우영을 죽이고, 팽인영을 구출해 오리라 여겼다. 그 정도의 무위를 용유는 충분할 정도로 보여주고 있었기 때문이다.

그러던 것이 살왕 포진의 등장으로 완전히 바뀌어 버렸다.

순식간에 비참한 꼴로 사우영에게서 물러선 용유는 단번에 참살당했다. 미처 용수나 사준 등이 바뀐 상황에 적응을 하기도 전에 벌어진 일이었다.

심중을 가득 채운 격정!

용수는 사형 용유의 당부조차 잊고서 당장 탄쟁협에 펼쳐진 정반사상도진의 중심을 떠나려 했다. 극도의 분노가 그의 이성을 완전히 잠식해 버린 것이다.

그러나 그가 막 탄쟁협을 벗어나려 할 때였다.

역시 분노와 경악 속에 잠겨 있던 사준이 버럭 목청을 높였다.

"대사형의 당부를 기억하십시오!"

"장문인께서 내린 장문령을 기억하셔야만 합니다!"

"사형께서 자리를 비우시면 공동파의 앞문을 열어놓는 것이나 마찬가집니다!"

"자중하십시오! 진세를 무너뜨려선 안 됩니다!"

후배.

공동쌍수에 비해 문파의 서열상 한 끗발 아래인 사준이다. 하지만 그들은 용유와 용수가 왕대에서 면벽수련에 임하는 동안 공동파 제일의 후기지수로 성장해 있었다. 그만큼 장문인인 서화 진인과 뭇 장로들이 심혈을 기울여 키운 인재들이란 뜻이었다. 용수라 해도 허투루 그들의 진언을 흘리진 못하는 게 당연하다.

'사준의 말이 옳다! 용유 사형의 말대로 나는 이곳을 지켜야만 해! 하지만……'

사준을 돌아보는 용수의 두 눈에 피눈물이 흘러내렸다. 용유의 죽음을 보고 치솟아오른 격분으로 인해 눈꼬리가 어느새 찢어져 버린 것이다.

사준 역시 두 눈을 눈물로 물들이고 있었다.

그들의 비분.

결코 용수에 못지않다. 피를 토하는 심정으로 용수를 붙잡고 있는 것이었다.

부르르!

용수가 어느새 빼 들고 있던 장도를 크게 떨어 보였다. 그러면서도 사준을 외면하지 못했다. 스스로 진세를 깨고 뛰어나가 용유의 복수를 하는 걸 포기한 것이다.

힐끔.
피바다 속에 천천히 주저앉는 용유를 놔둔 채 탄쟁협 쪽에 시선을 던진 포진의 눈매가 가늘어졌다.
예상 밖이다.
여태까지 그가 상대해 왔던 정파의 혈기방장한 무인들과 달리 과도하게 연출된 용유의 죽음은 별다른 효과를 발휘하지 못했다. 여전히 탄쟁협에 펼쳐진 공동파의 진세는 견고했으며 큰 동요나 변화를 내보이지 않고 있었다.
'흥! 과연 구대문파란 건가?'
나직이 비웃어 보인 포진이 시선을 탄쟁협에서 거뒀다. 다음 먹잇감으로 관심을 이동한 것이다. 다름 아닌 의식불명 상태의 운검과 그를 안고 있는 팽인영이다.
슥!
다시 포진이 은행마영을 펼쳤다. 잠시 용유 앞에 드러나 있던 그의 신형이 순식간에 종적을 감춘다. 다음 수순은 뻔하다.
"아악!"
거의 본능적으로 자신의 몸을 던져 운검을 감싸 안았던 팽인영의 입에서 비명이 터져 나왔다.

섬뜩할 정도로 아름다운 혈화(血花).

피의 꽃이 운검을 안은 채 쓰러지는 팽인영의 등판에서 솟아올랐다. 단 일격 만에 등판이 갈라지는 중상을 당한 것이다. 만약 본능적으로 운검을 안고 몸을 날리지 않았다면 척추뼈가 통째로 끊겨서 즉사를 면치 못했으리라.

포진은 개의치 않았다.

과거 살수지왕이라 불렸던 냉혹한 살인마답게 그는 곧바로 이격을 쏟아냈다. 그렇게 함으로써 팽인영과 운검을 동시에 처리할 작정이었다. 분명 그리하려 했다.

그런데 막 팽인영의 하이얀 목덜미를 그어버리기 직전이던 포진의 단검이 방향을 바꿨다.

언제나 포기하지 않던 최단의 거리.

사람의 생명을 끊어놓는 가장 효율적인 궤적을 변경했다.

더불어 다시 묘연해진 종적.

바로 코앞에서 지켜봤던 사람이라 해도 믿기 힘들 정도의 은신법이다. 과연 살수지왕이라 할 만하다.

고속의 이동 역시 이뤄졌다.

순간적으로 운검 등과 삼사 장 정도로 포진은 거리를 벌렸다. 그렇게 함으로써 일단 숨을 돌릴 요량이었다. 충분히 그럴 수 있으리라 여겼다.

'어떻게?'

포진은 자신의 판단이 틀렸음을 직감했다. 그로 하여금 살검을 포기하게끔 만들었던 괴이한 기운이 여전히 배후로 따라붙고 있음을 눈치챘기 때문이다.

경악이나 자책보다 수중의 단검이 먼저 움직였다.

스아아!

대기를 가르는 단검의 움직임은 은밀하면서도 날카롭다. 여태까지 중 가장 빠르고 강력한 기세를 품었음은 물론이다.

그러나 지금은 공(攻)보다는 수(守)다.

포진은 대전제를 잊지 않았다.

단검이 거미줄이나 다름없는 살검을 뿜어낸 것과 동시였다. 어느새 포진은 다시 신형을 감추고 있었다. 여전히 은행마영의 힘을 빌어서다.

다만 한 가지 달라진 점 역시 있다.

곧바로 움직임을 보이지 않았다는 것이다.

침묵.

그 어둡고 고독한 곳에 자리 잡은 채 포진은 차갑게 눈을 빛냈다.

호흡은커녕 전신의 모공까지 틀어막았다.

그렇게 함으로써 놀랍게도 살수지왕인 자신을 노리며 다가든 도전자를 기다렸다.

단 두 차례의 움직임만으로 충분했다.

포진은 도전자를 자신과 동급 수준의 살수로 판단 내렸다.

그렇지 않고선 결코 은행마영을 따라잡았을 수 없을뿐더러 두 차례에 걸친 살검마저 피해내지 못했을 터였기 때문이다.

'오라! 도전은 결코 피하지 않겠다!'

포진은 내심 부르짖었다.

사악한 미소 역시 가느다란 입술새에 머물러 있다. 이 같은 싸움이야말로 그가 가장 자신있어하는 바였다. 절대적으로 승리하리라 여겼다.

그러나 포진의 미소는 나타났던 것만큼 빨리 사라졌다.

표정 역시 딱딱하게 굳었다.

어느새 흔적조차 남기지 않은 채 사라진 운검과 팽인영의 모습이 그를 그리 만들었다.

"내, 내가 방금 전 느꼈던 감각이… 모두 날조된 거였단 말인가? 애초부터 목표는 내가 아니었던 거라구?"

나직한 중얼거림.

그 뒤를 따른 건 강렬한 분노였다. 허탈한 심사이기도 했다. 세상에 누가 있어 살수지왕인 포진을 이렇게 어처구니없을 정도로 속여 넘길 수 있단 말인가.

포진의 뇌리로 얼핏 떠오르는 얼굴이 하나 있었다.

극미(極美).

사제지간을 떠나 인간적인 감정의 거의 대부분을 극복해 낸 포진을 종종 열에 들뜨게 만들었던 여인이다. 한때 주인이었던 구천마제 위극양의 유일한 후계자가 될 것이라 여겼던 소수여제 위소소의 절세적인 용모였다. 사검이 죽은 후 그녀 외엔 극한에 이른 은행마영의 움직임을 미리 예측할 수 있는 자가 있을 리 만무했기 때문이다.

"하지만 어떻게?"

의문은 꼬리에 꼬리를 문다.

하지만 지금 포진으로선 할 수 있는 일이 없었다. 새로운 주인인 사우영의 곁을 떠날 수 없어서다. 그의 대전제는 여전히 사우영의 안위인 까닭이다.

그리고 바로 그때다.

우르르르르!

콰콰콰콰쾅!

귀청을 찢는 듯한 굉음이 탄쟁협의 좁은 협곡 쪽에서 연속적으로 울려 퍼졌다. 마치 천붕지멸이 일어나는 듯 굉장치도 않은 소리였다.

'벌써?'

포진이 심중의 의혹을 일단 접었다. 그의 시선이 잠시 월석협 쪽을 거쳐서 탄쟁협 쪽으로 향했다. 그러자 미리 예상하고 있었던 것과 다름없는 일이 벌어지고 있었다.

"이런 말도 안 되는!"

"크윽! 월석협을 거치지 않고선 결코 탄쟁협의 산봉 쪽으로 넘어오지 못하거늘……."

탄쟁협을 벗어난 용유의 죽음에 지나칠 정도로 격분한 게 화근이었다.

 탄쟁협의 위쪽에 거의 신경을 쓰지 못하고 있던 용수와 사준은 기함을 절로 터뜨렸다. 느닷없이 요란한 굉음과 함께 탄쟁협의 좁은 협곡 사이로 엄청난 규모의 바윗덩이들이 쏟아져 내리기 시작한 까닭이다.

 더불어 무수히 많은 죽창들 또한 마구 떨어져 내렸다.

 부근의 죽림에서 대량으로 만들어진 게 분명하나 상당한 높이에서 떨어지며 붙은 가속력으로 인해 무공고수조차 즉사시킬 정도로 훌륭한 살인병기가 되었다.

 "크악!"

 "으아악!"

 탄쟁협의 좁은 협곡만 믿고 진세를 굳히고 있던 공동파의 일, 이대제자들의 입에서 연달아 비명이 터져 나왔다. 돌덩이에 더해진 죽창의 소나기에 벌써 십수 명 이상이 당했다. 삼시간에 철통같던 진세에 커다란 구멍이 뚫려 버린 셈이다.

 그와 동시다.

 탄쟁협의 험난한 봉우리 위에서 적의무복 차림의 무인들이 우수수 떨어져 내렸다. 백여 명 이상 되는 염왕대의 본대가 손에 손에 패도를 빼 든 채 기습 공격을 감행한 것이다.

 용수가 버럭 소리쳤다.

 "침착하라! 그리고 정반사상도진은 무적이니, 절대로 각자의 방위에서 물러서지 말라!"

사준 역시 마찬가지로 소리쳤다.

"방위를 지켜라!"

"정반사상도진의 연결고리를 절대로 끊어선 안 된다!"

"사상자를 진세의 중앙으로 몰아넣어라!"

"각자 도기를 일으켜서 사형제들을 지켜야만 한다!"

일대제자의 우두머리!

다섯 사형제의 외침에 붕괴 직전까지 이르렀던 정반사상도진이 안정을 되찾았다. 용수와 사준이 외침과 함께 목숨을 잃거나 부상당한 사형제들의 자리를 재빨리 메운 게 주효했다. 여태까지 무수히 많은 나날 동안 행해왔던 연무의 덕분이기도 하다.

그러나 그때 공동 제자들의 머리 위로 염왕대의 무사들이 우박처럼 떨어져 내렸다.

위에서 떨어져 내리며 펼쳐진 공격!

비록 공동파가 자랑하는 정반사상도진이 펼쳐진 상황이라곤 하나 그 위력을 무시할 순 없다. 염왕대의 본대에 속한 정예 무사들의 빼어난 무위와 함께 말이다.

게다가 그때 탄쟁협 밖에서 기회를 엿보고 있던 혈왕령의 살수들 역시 뛰어들었다. 포진이 염왕대의 기습을 보고 시의적절하게 협공 명령을 내린 것이다.

"크악!"

"으아악!"

"크아아!"

탄쟁협이 일시 비명과 울부짖음으로 메워졌다.

염왕대와 혈왕령의 본진.

비록 포진과 노홍이 낀 게 아니라곤 하나 웬만한 중소 문파를 하룻밤 새 몰살시킬 만한 전력이라 할 수 있다. 상대가 공동파의 일, 이대제자들이라곤 하나 결코 예외가 될 순 없었다.

삽시간에 피의 강이 넘치는 살육의 장으로 바뀌어 버린 탄쟁협을 냉정하게 바라보던 포진이 슬쩍 눈살을 찌푸려 보였다.

"으음, 노홍이 염왕대만을 탄쟁협에 보냈다는 건 월석협 쪽에 그를 맞상대할 만한 고수가 있다는 뜻인 건가?"

믿기 힘든 일이다.

포진이 알기로 공동파에서 조심해야만 할 고수는 단 세 명뿐이었다.

공동삼절.

그중 첫째인 삼절도 서금 진인은 공동파를 떠나서 행적이 묘연해진 지 오래고, 셋째인 일기 귀병자는 무공보다는 귀수로 유명했다.

당연히 여태까지 포진이 신경 쓴 건 장문인이자 현 공동파 최강의 고수인 일존 서화 진인이었다. 그만이 자신이나 노홍을 맞상대할 수 있다 여겼기 때문이다.
 그 점이 포진에겐 의아로웠다. 존귀한 일파지존이 험난한 월석협에서 봉화대나 지키고 있을 리 만무했다. 새로운 변수가 발생한 것이었다.
 흠칫!
 여전히 사우영의 곁을 떠나지 않은 채 생각에 잠겨 있던 포진이 가볍게 어깨를 떨었다.
 한기(寒氣)?
 살수지왕이라 불리는 그가 깜짝 놀랄 정도의 느낌이 일순 목덜미를 스쳐 갔다. 더불어 전신에 형언할 수 없을 정도로 심한 닭살이 다닥다닥 매달렸다. 익숙한 목소리가 귓전을 울린 것은 바로 그때였다.
 "미안하게 됐군. 살수의 왕을 저토록 아름다운 살육으로부터 떼어놓고 있었으니 말야."
 '주인……'
 포진이 바람같이 신형을 돌려세웠다.
 그 앞.
 어느새 구천마제 위극양이 남긴 마정상의 귀원마공을 흡수하고, 마신흉갑의 마기를 잠재운 사우영이 특유의 선 굵은 미소를 지어 보이고 있었다.

第七十七章
사소취대(捨小取大)
마땅히 작은 것을 버리고 큰 것을 취해야만 한다!

華山
劍宗

우뚝!

 탄쟁협을 바로 코앞에 두고서 서화 진인은 걸음을 멈춰 세웠다.

 일순 두 눈을 불태우기 시작한 신광.

 탄쟁협이 가까워질수록 폭주의 강도를 더하고 있던 환마혈환이 갑자기 잠잠해졌다. 거의 기적적으로 폭주를 멈추고 서화 진인에게 던져주고 있던 숨 막힐 정도의 고통을 거둬가 버린 것이다.

 '어째서?'

 의문이 불쑥 먼저 든다.

하지만 서화 진인은 곧 심중에 인 의문을 거둬냈다. 탄쟁협 저편에서 울려 퍼진 굉음과 비명성이 그를 그리 만들었다.

"장문 사형!"

귀병자가 어느새 다가와 있었다. 목소리에 긴장감이 감도는 것이 그 역시 사태의 위중함을 깨달았음이 분명하다. 주변의 다른 장로들 역시 마찬가지다.

서화 진인이 여전히 신광이 깃든 시선을 장로들에게 던졌다.

"사제들, 생각보다 빨리 탄쟁협 쪽에 펼쳐진 방어진에 문제가 발생한 게 분명하네! 내 먼저 탄쟁협으로 향할 테니, 사제들은 내가 한 당부대로 움직이도록 하게나!"

"명을 받드오이다!"

"명을 받드오이다!"

장로들이 일제히 목청을 높였다. 거기에는 귀병자 역시 끼어 있었다. 그러나 서화 진인은 여전히 그에게 별다른 시선조차 주지 않았다.

스으!

순간 서화 진인의 신형이 기쾌하게 앞으로 치달아 갔다. 환영분허보를 순수하게 빠르기로만 전개한 것이다. 극한의 경지에 이른 상태로 말이다.

'장문 사형⋯⋯.'

귀병자가 얼른 서화 진인의 뒤를 따르려 했다. 그 역시 다른 공동파 절학은 차치하더라도 환영분허보만큼은 서화 진인에 버금갈 정도로 익히고 있었다.

그런데 막 환영분허보를 펼치려던 귀병자의 안색이 와락 일그러졌다.

갑자기 마비된 몸.

하단전에서 곧바로 용천혈로 향해야만 할 진기가 불순해지고 전신이 딱딱하게 굳어버렸다. 내력이 제압당하고 마혈이 점혈되어 벌어진 일이다.

"이, 이게 무슨!"

너무 화가 나서 노성조차 더듬거림이 섞여 있는 귀병자를 향해 그를 암습한 장로 두 명이 미안한 기색을 보였다. 악심이나 사심이 있어 그를 제압한 것이 아님을 짐작케 하는 모습이다.

수석 장로에 올라 있는 서진자(西眞子)가 말했다.

"미안하게 됐네. 하지만 장문인께서 내리신 지엄한 명을 따르진 않을 수 없었다네."

"장문 사형의 명이라고?"

"그렇네."

서진자가 천천히 고개를 끄덕여 보이자 귀병자가 안색을 딱딱하게 굳혔다.

'장문 사형, 아무리 내가 진 죄가 무겁다곤 하나 공동파가 위난에 빠진 때에 어찌 이러시는 거외까!'

귀병자의 불만스런 내심을 한눈에 알아본 서진자가 얼른 고개를 가로저어 보였다.
 "잘못 생각했네. 그런 것이 아니야."
 "뭐가 아니란 거요?"
 "장문인께서 자네를 제압하게 한 건 중임을 맡기기 위함이지, 전날의 죄를 물으려 함이 아니란 걸세."
 "중임을 맡기기 위함이라니 무슨……."
 "말 그대로 중임일세."
 "……."
 귀병자의 얼굴에 의혹과 의심의 기색이 가득했다. 이 같은 상황에서 서진자의 말을 있는 그대로 믿기란 결코 쉬운 일이 아니었기 때문이다.
 서진자가 한숨과 함께 설명했다.
 "장문인께서는 자네에게 공동파의 후사를 맡기기로 결정하셨다네. 그래서 내가 자네의 마혈을 점혈하고 내공을 금제한 것일세. 아마 앞으로 적어도 반 시진은 움직이지 못할 걸세. 그러니 이곳에서 기다리고 계시게."
 "설마 장문 사형은 금일 공동파의 명운이 끝날 거라 여기신 게요? 그런 것이오?"
 "곧 쌍수와 사준이 이곳으로 올 걸세. 그러면 그 아이들이 자네의 마혈을 해혈해 줄 터이니, 함께 왕대 쪽으로 피신하도록 하시게. 왕대에 이미 본 파의 도경과 무경, 조사령 등을 옮겨놓았으니 함께 챙기도록 하고 말일세."
 "그런……."
 귀병자가 곧바로 항의하려다 일시 입을 다물었다. 그에게 서화 진인의 명령을 전달한 서진자를 비롯한 동배 장로들의 얼굴에 담겨져 있는 결연한 의지에 말문이 막힌 까닭이다.
 그때 귀병자와 친교가 깊던 서현자(西玄子)가 다가와 처연한 표정으로 말했다.
 "귀병자, 아니, 사형. 비록 사형이 본산이 아닌 속가에 적을 올리고 있었긴 하나 빈도는 항상 마음속으로 깊이 존경하고 있었습니다. 장문 사형께서 맡기신 대임을 결코 외면하셔선 안 될 것입니다."
 "서현자, 자네……."
 "사형과 쌍수, 사준이만 이번 혈겁에서 무사하다면 공동파의 역사는 결코 끝난 것이 아닙니다. 그리고 후일 다시 구대문파 중 당당한 일좌를 차지할 수 있을 겁니다. 빈도는 그리 믿고 오늘 당당하게 마두들에 맞서 싸울 것입니다."
 "공동파를 부탁하외다!"
 "공동파를 부탁하외다!"
 서현자의 당부가 끝나자마자 다른 장로들이 연달아 귀병자를 향해 목소리를 높였다.
 본산과 속가의 차이?
 그런 건 지금 전혀 중요치 않았다. 장문인인 서화 진인의 장문령에 의해 귀병자는 지금부터 공동파의 후사를 책임지는 대장로의 책무를 맡게 된 것이다. 장로들 중 누구 하나 그 점에 대해 불만을 표시하지 않았다. 기꺼이 공동파를 위한 자기희생에 나선 것이었다.

앞서 서화 진인과 마찬가지로 하나둘 자신의 곁을 떠나가는 장로들을 배웅하는 귀병자의 노안에 뿌연 습막이 번져 나왔다. 차마 가지 말라는 소리조차 하지 못했다. 그들이 어떤 마음으로 탄쟁협을 향하는지 알고 있었기 때문이다.

"장문 사형! 정말 너무하시오! 그런 식으로 가버리시면, 이 쪼잔한 꼽추 녀석은 어찌하란 말인 게요? 지난 십수 년간, 그저 사형을 의심하고 원망만 한 이놈한테 마지막 인사 정도는 하게 해주셔야 하는 게 아니요! 사형! 이사형! 크흐흑!"

이사형.

아주 오래전 귀병자가 서화 진인을 부르던 호칭이다.

대사형이자 장문제자였던 서금 진인이 홀연히 공동파를 떠난 후 단 한차례도 입에 매달아본 적이 없던 호칭이기도 하다. 공동파의 무수히 많던 서 자 항렬 중에서도 가장 의좋던 공동삼절이 함께 모이지 못하게 된 십수 년의 세월 동안 말이다.

스스슥!

극도의 환영분허보를 펼쳐서 반 각이 지나기도 전에 탄쟁협에 이른 서화 진인의 얼굴이 참담한 기색을 담았다.
 눈앞의 광경.
 예상했던 것보다 더욱 참혹하다.
 탄쟁협의 좁은 협곡을 이용해 무공이 빼어난 일, 이대제자들을 중심으로 펼쳐 놨던 정반사상도진의 연계.
 장대할 정도이던 그의 대진연환방어체계가 극도의 혼란 속에 빠져 있었다. 적의를 걸친 염왕대와 순간순간 모습을 드러내며 살겁을 뿌려대는 살왕령의 살수들에게 완전히 농락을 당하고 있는 형국이었다.
 그럼에도 불구하고 아직 싸움터는 탄쟁협의 협곡을 벗어나지 않고 있었다. 대진연환방어체계의 핵심을 용수와 사준이 철통같이 지키고 있기에 가능한 일이었다. 과연 공동파의 명운을 걸 만한 인재들이라 할 수 있겠다.
 한눈에 그 같은 상황을 파악해 낸 서화 진인의 안색이 평상심을 되찾았다. 본래의 차갑고 흔들림이 없는 냉정함을 회복한 것이다.
 '적의보다는 흑의 쪽이 문제이다!'
 서화 진인은 패도적인 무위를 자랑하는 염왕대보다 진세의 허점을 열심히 교란시키고 있는 살왕령이 문제라 여겼다. 그들만 재빨리 제거하고 솎아낸다면 대진연환방어체계의 혼란을 단숨에 회복시킬 수 있다는 판단이었다.
 결정이 내려졌다.

움직이지 않을 까닭이 없다.

스슥!

잠시 움직임을 멈췄던 서화 진인의 신형이 일순 시위를 떠난 활처럼 탄쟁협으로 날아들었다.

촤자자자작!

더불어 그의 양손에서 펼쳐진 패도무쌍의 조공!

공동파의 전설적인 절학인 개천풍운조가 거미줄같이 사방으로 퍼져 나갔다.

강력하면서도 섬세한 동선!

그에 걸려든 살수령의 살수들이 연속적으로 비명을 터뜨렸다. 순간적으로 십수 명이 각기 다른 부위에 치명상을 입은 채 속절없이 무너져 내린 것이다.

"장문인!"

"장문인께서 오셨다!"

"장문인께서 오셨다!"

화려한 등장과 함께 거침없는 살육을 감행한 서화 진인을 향해 공동 제자들이 환호성을 터뜨렸다. 그사이 빠르게 대진연환방어체계의 핵심인 정반사상도진이 정상적으로 돌아왔음은 물론이다.

그것만으로 서화 진인이 만족할 리 없다.

그는 손바닥 보듯 잘 알고 있는 정반사상도진 사이를 빠르게 누비며 혈왕령의 살수들을 쥐잡듯 잡았다. 염왕대는 대진연환방어체계에 맡겨두고서 빠르게 한쪽 세력을 괴멸시켜 갔다. 아주 영악하면서도 적절한 판단이었다.

비명조차 없이 탄쟁협에서 스러져 가는 혈왕령의 살수들!
여전히 사우영의 곁을 떠나지 않고 있던 포진의 눈매가 가늘어졌다. 그 속에 담겨진 눈동자가 차가운 살기로 번들거리고 있었다.
'놀라운 무위로군. 상황 판단도 빠르고. 하지만 날 상대로도 저렇게 제멋대로 날뛸 수 있을지 모르겠군.'
사우영이 흥미롭다는 듯 말했다.
"흐음, 개천풍운조는 공동파에서도 전설상의 절학이라 알려진 신공인데, 오늘은 꽤나 운이 좋은 날이군."
"개천풍운조라 하셨소이까? 그 육합구소신공, 환영분허보와 더불어 공동파의 삼대신공 중 하나로 꼽히는……."
"그렇소. 그러니 살왕은 저자를 내게 넘기고 월석협에 가보도록 하시오."
"주인, 염왕귀수 노홍은 결코 약하지 않소이다."
"그러니 살왕이 가봐야 하는 거요. 아무래도 수백 년간 명성이 드높았던 구대문파이다 보니, 세상에 알려지지 않은 기인이사 한두 명쯤 존재하는 게 아니겠소?"
"……."
포진 역시 내심 생각하고 있던 바였다.

노홍은 둘째 치고 월석협으로 떠났던 염왕대의 숫자는 결코 현재 탄쟁협에 모습을 드러낸 정도가 아니었다. 적어도 살왕령 살수들의 세 배는 되었다.

그러던 게 지금은 고작해야 살왕령 살수들과 비슷한 수준만이 남아 기습을 벌이고 있었다. 월석협 방면에서 벌어진 일이 궁금해지지 않을 수 없는 상황이다.

'아쉽군.'

내심 중얼거림과 함께 포진이 탄쟁협 쪽에서 시선을 떼어냈다. 사우영의 의중을 능히 짐작할 수 있었기 때문이다.

"명을 따르겠소이다!"

"쉽지 않을지도 모르오."

"주인과 사패주들을 제외하고 천하에서 마종 둘을 감당해낼 자가 있으리라곤 생각지 않소이다. 적어도 중원에서는."

마지막 말이었다.

순간적으로 포진이 자취를 감췄다. 은행마영을 다시 펼친 것이다.

히죽!

사우영이 포진을 미소로 배웅했다.

뿌득! 뿌드드드득!

일시 사우영의 전신 근육과 뼈마디들이 요란한 울부짖음을 토해냈다. 가벼운 몸풀기였다. 공동파 제일의 고수를 맞이하러 가야 할 때가 된 까닭이다.

"구대문파 중 하나인 공동파의 전설적인 철학이라? 다섯 개나 되는 마황십도를 얻은 내게 얼마만큼 버틸 수 있을지 자못 기대가 되는군. 그 아이도 되찾아야 하고 말야."

나직한 중얼거림.

대기 중에 말의 잔향이 채 사라지기도 전이었다. 수중의 마기를 잃어버린 마신흉갑을 어깨에 걸머멘 사우영의 장대한 신형이 탄쟁협으로 날아들었다.

그 뒤를 이은 것?

처절한 비명과 탄쟁협의 좁은 협곡을 붉게 물들이는 파육지음의 연속이었다. 서화 진인이 모습을 드러냈을 때보다 훨씬 요란스러운 등장이었음은 재론의 여지가 없겠다.

* * *

상천제.

험악하기로 유명한 공동산의 뭇봉우리 중에서도 높고 가파르기로 정평이 난 장소다.

그곳에서 두 명의 노인이 거친 산바람에 맞서고 있다.

수일 전 몰래 공동산중으로 숨어들어 온 우현과 팔방신개였다.

팔방신개가 탄쟁협에서 벌어지고 있는 혈전을 살피며 원망스런 시선을 우현에게 던졌다.

"우현, 자칫 잘못하면 공동파가 멸문하겠네! 정말 이대로 보고만 있어야 하는 겐가? 공동파는 당당한 구대문파 중 하나란 말일세!"

"공동파는 멸망하지 않을 것이외다."

"그걸 어찌 확신하는 건가? 공동산을 향하고 있는 대종교의 군세는 우리가 생각했던 것보다 훨씬 엄청나단 말일세! 속도도 빨랐고 말야!"

"바로 그 점 때문에 공동파는 오늘 멸문의 위기를 넘길 것이외다."

"뭐라구?"

팔방신개가 어처구니없다는 표정을 우현에게 던졌다.

구정회의 기인이사 중에서도 성격이 괄괄하고 급하기로 정평이 나 있는 사람이 팔방신개다. 만약 우현에 대한 신뢰가 매우 크지 않았다면 당장 주먹질이라도 했을 터였다.

우현이 첨언하듯 말했다.

"공동파로 몰려온 자들은 대군이긴 하외다. 하지만 그들은 대개 구 구마련 출신의 마두들과 새외 각 지역과 감숙성의 강북녹림십팔채에 속한 녹림도들로 이뤄져 있소이다."

"그걸 이 늙은 거지가 모를 것이라 생각하는 건가? 그 같은 정보를 우현, 자네한테 전해준 게 이 늙은 거지인데?"

"그럴 리가 있겠소이까? 그러나 그 같은 대군이 신개와 노부가 예상했던 것보다 훨씬 빨리 공동산에 집결한 사실을 간

과한 건 사실이지 않소이까?"

"그래서?"

"그래서 감숙성에는 청해성의 곤륜파와 마찬가지로 상당한 숫자의 정파 세력이 살아남았소이다. 그러니 저들은 공동파에서 많은 시간을 끌 수 없을 것이외다. 자칫 중원 침공의 속도를 늦추게 된다면 섬서에서의 패권을 잃은 직후에 청해성의 곤륜파가 주도하는 역공을 감숙성에서 맞을 수도 있기 때문이외다."

"그건… 그럴 수도 있겠구만."

팔방신개의 인상은 여전히 안 좋았다. 하지만 그는 어느새 고개를 주억거리고 있었다. 우현이 한 말의 의미를 비로소 눈치챘기 때문이다.

그러나 그는 곧 고개를 가로저었다.

"그러면 팽가의 어린 계집애는 어찌하려는가? 아직 청천통을 사용하지 않은 걸 보면 여전히 공동파와 함께 있는 게 분명할 터인데……."

"그렇진 않은 것 같소이다."

"응?"

"청천통이 사용되진 않았으나 만리향(萬里香)의 향기가 빠르게 멀어지기 시작했소이다. 이미 공동산의 영역은 한참 벗어난 게 분명하외다."

"만리향? 그 사천의 묘족 여인들이 도망간 서방을 찾아서

사소취대(捨小取大) 205

독살시키기 위해 첫날밤 뿌려둔다는 그 물건을 말하는 건가?"

"그렇소이다. 혹시 만약을 몰라서 전날 청천통에다 살짝 뿌려서 건네줬는데, 반 식경 전부터 점차 향기가 흐려지기 시작했소이다. 공동산을 빠르게 떠나가고 있다는 뜻이 아니겠소이까?"

"여전히 너구리 같구만. 그럼 추격은?"

"앞으로 신개가 맡아줘야겠소이다."

"엥? 내가?"

팔방신개가 두 눈을 동그랗게 뜬 채 자신을 손가락으로 가리키자 우현이 담담하게 웃어 보였다.

"만리향을 추격하지 못하겠다고 말하려는 게요?"

"끄응, 개방에서 만리향을 다루는 건 또 어떻게 알았는가?"

"개방에서 만리향을 얻었으니까."

"방주! 요 녀석!"

팔방신개가 나직이 이를 갈며 한탄했다. 우현이 이미 자신의 애제자이자 개방 방주인 항룡신장 곽거이를 구워삶았음을 깨달았기 때문이다.

우현이 말했다.

"신개, 슬슬 그럼 우리도 움직여야겠소이다."

"벌써? 탄쟁협에 펼쳐진 공동파의 방어 진세는 아직도 꽤나 견고한 것 같은데……."

"노부가 걱정되는 건 탄쟁협 쪽이 아니라 월석협 방면이외다."

"월석협?"

"그곳에는 현재 오풍 노진인께서 계시는데, 그 뒷길을 거쳐서 대종교의 무사들이 탄쟁협의 산봉 쪽으로 몰려들었소이다. 오풍 노진인조차 전세를 역전시키기엔 역부족이었단 뜻이 아니겠소이까? 게다가……."

"게다가?"

"방금 전 탄쟁협 앞에서 폭출하던 마기가 갑자기 흔적도 없이 사라졌소이다. 탄쟁협에서의 싸움이 매우 격렬해진 것 역시 그 직후고."

"설마 화산파의 운가 애송이가 대종교의 소존주란 녀석한테 패배했다는 거냐?"

"아마 마신흉갑 역시 빼앗겼을 공산이 크외다. 마신흉갑 정도가 아니라면 그 정도의 마기 폭출은 상상하기 어려우니까 말이외다."

"으음……."

팔방신개가 나직이 신음했다.

화산파의 승룡비천검 운검.

근래 정파에서 떠오른 최고의 영웅이었다. 천재적인 무위를 자랑하는 최강의 기재였다.

게다가 그는 바로 얼마 전까지 구정회를 이끌고 있던 회주 현명 진인이 가장 아끼던 제자였다. 비록 가끔이지만 사소취대(捨小取大)의 대의를 따르던 그가 종종 언급한 것만으로 알 수 있었다.

'사문인 화산파의 급전직하까지 외면했던 회주였거늘, 그 애송이만은 특별하게 여겼었지. 그 녀석이 있으니 안심하고 화산파를 등질 수 있었다고.'

팔방신개는 내심 마음 한구석이 쓰려왔다. 문득 제자인 곽거이가 떠올랐기 때문이다.

우현이 재촉하듯 말했다.

"이제 그만 떠나도록 합시다. 곧 탄쟁협의 방어 진세가 붕괴될 것 같으니까."

"…알겠네."

어렵사리 고개를 끄덕여 보인 팔방신개가 다시 입가에 진한 한숨을 매달았다.

여전히 불끈거리는 팔과 다리.

웬만한 마두 몇 놈쯤은 지금도 아작을 낼 수 있을 터였다. 분명 여태까지 그리 생각해 왔다. 하지만 지금은 달랐다. 공동파의 위기를 뒤로하고 도망쳐야만 하는 자신의 신세를 한탄하는 비겁한 늙은이일 뿐이었다.

    *   *   *

콰득!

서화 진인은 염왕대 조장의 목에 커다란 구멍을 뚫어놓은 개천풍운조를 거둬들이며 두 눈에 차가운 신광을 담았다.

저 멀리.

자신이 혈로를 만들며 걸어온 탄쟁협의 반대편 쪽에 한 사내가 장대한 덩치를 드러내고 있다. 탄쟁협의 거진 절반쯤 되는 거리를 단숨에 압축시키며 등장하더니, 대진연환방어체계의 첫 번째와 두 번째인 정반사상도진을 순식간에 괴멸시켜 버렸다.

가히 폭풍과 같은 행로다.

무위 역시 최고다.

자신의 무위에 강한 자부심을 가지고 있던 서화 진인조차 내심 섬뜩한 두려움을 느꼈을 정도다. 환마혈환이 폭주 상태일 때조차 승부를 장담키 어렵겠다는 생각을 하지 않을 수 없었기 때문이다.

그러나 서화 진인은 일파지주이다.

절대로 적을 앞에 두고서 심중의 동요를 밖으로 드러내어선 안 된다. 그를 믿고 따르는 제자들의 앞에서 언제까지나 넘볼 수 없는 거대한 산이어야 했고, 든든한 버팀목이 되어야만 했다. 그렇게 여태까지 자신을 강박해 왔었다.

'호흡!'

육합구소신공을 일으켜 일시 몸 전체로 스멀거리며 전달되어 왔던 공포와 압박감을 떨쳐 낸 서화 진인이 슬며시 한 걸음을 떼어냈다.

슥!

절대지경을 넘보는 고수의 일보이다.

결코 일반인과는 같을 수가 없다. 그는 단숨에 삼 장가량의 거리를 단축시켰다. 더불어 양편으로 확연히 나뉜 공동파와 대종교의 군세들!

그 중간에 이른 서화 진인이 여전히 움직임을 보이지 않고 있는 사우영을 향해 차게 외쳤다.

"이곳은 공동산! 수백 년을 면면히 이어왔던 공동파의 영역이다! 대종교의 악종들은 어떤 이유로 본 파의 영역을 침범해 참람하고 무도한 살육을 자행하고 있는 것이냐!"

"푸핫!"

사우영이 지나칠 정도로 거창한 서화 진인의 일성대갈에 웃음을 터뜨렸다.

참을 수가 없었다.

방금 전까지 서로가 서로를 죽고 죽이는 전장의 한복판에서 끔찍한 혈로를 만들고 있었다. 아수라장의 한복판에서 오로지 자기 자신의 무위와 기량만을 믿고 살육을 자행했다.

정(正)과 마(魔)?

웃기는 소리다. 이 같은 대혈전 속에서 그런 거창한 것 따원 필요치 않았다. 그냥 인간 본연의 생존을 위한 갈구만이 존재할 따름이었다. 이 모든 것을 뛰어넘을 수 있는 위치의 초강자가 아닌 한 말이다.

'설마 자신이 그런 초강자라 말하고 싶은 건 아닐 테지?'

천천히 웃음을 거둔 사우영이 양손에 쥐어져 있던 두 공동파 제자를 내동댕이친 채 말했다.

"공동파의 장문인인 서화 진인이시오?"

"대종교의 소존주인가?"

"그렇소. 내가 바로 당대 대종교의 소존주이자 중원정벌과 마도천하를 이룰 사우영이오!"

"마도천하?"

서화 진인이 눈매를 슬쩍 가늘게 만들어 보였다. 문득 그의 등 뒤에 아무렇게나 엎혀져 있는 마신흉갑을 발견한 것이다.

'운 소협이 저자에게 패배했구나! 그 강하던 운 소협이⋯⋯.'

운검의 무위.

맞상대해 본 서화 진인으로서도 믿을 수 없을 정도로 강했다. 목숨을 걸고 싸운다 해도 승리를 장담할 수 없다고 여겼다. 그래서 마신흉갑과 환마혈환의 기묘한 공명을 느끼면서도 그를 자유롭게 놔뒀었다.

그런데 그런 그조차 눈앞의 사우영에겐 패배했다. 마신흉갑을 빼앗기고 생사를 알 수 없는 상황이 되어버렸다. 심중의 동요를 느끼지 않을 수 없다.

은연중 서화 진인의 시선이 자신과 그리 멀지 않은 곳에서 대진연환방어체계의 중심을 지키고 있는 용수를 향했다. 절정의 혜광심어(慧光心語)가 곧 뒤를 따른다.

"용수! 사준과 함께 당장 봉황령으로 떠나거라! 중턱쯤에 이르면 귀병자가 있을 터인즉, 그와 함께 왕대로 떠나도록 하라!"

용수의 안색이 바뀌었다. 그러나 그는 곧 자신의 머릿속에서 울려 퍼지는 목소리의 주인이 사부 서화 진인임을 눈치챘다. 그의 시선이 역시 서화 진인을 향한다.

"사부님, 어째서 그리해야 하는 겁니까? 아니, 어찌 사부님과 사형제들을 놔두고서 저희들만……."

"이것은 장문령이다! 불복은 용납할 수 없다!"

"…제자, 명을 받드옵니다!"

전음을 통해 전해오는 용수의 목소리에서 풀죽은 기색이 완연했다. 서화 진인의 엄한 명을 거역할 순 없으나 여전히 불복의 심사를 거둔 건 아니었다. 사형제들을 놔둔 채 이 지옥도를 빠져나가는 게 마음에 걸렸기 때문이다.

서화 진인은 개의치 않았다.

어느새 눈앞의 사우영이 강력한 압력을 그에게 집중시켜 오고 있었다. 비록 자신은 없으나 제자들이 빠져나갈 시간을 벌어줘야만 하는 만큼 현 상황에 집중하지 않을 수 없었다.

최소한 장로들이 도착할 때까지는 홀로 눈앞의 괴물을 막아 내야만 하는 것이다.

히죽!

사우영의 입가에 다시 미소가 떠올랐다. 갑자기 공동파 진영에서 미묘한 움직임이 있었다. 그 정도의 변화를 파악하지 못할 그가 아니다.

"당당한 구대문파의 일좌를 차지하고 있는 자가 싸움을 하기도 전에 패배를 예상하다니… 조금 실망이오!"

"무량수불!"

서화 진인이 도호와 함께 사우영을 향해 쌍수를 가볍게 떨쳐 보였다.

겉으로 보기로만 그러했다.

어느새 조형을 이룬 서화 진인의 쌍수에서 일어난 압도적인 기운이 쏜살같이 사우영을 노린 채 뻗어나갔다. 개천풍운조가 다시 그 위용을 드러낸 것이다.

사우영 역시 가만히 있진 않았다.

개천풍운조의 강렬한 조형이 다가드는 것과 동시에 그 역시 수장을 앞으로 뻗어냈다.

혈천강살!

운검에게서 뽑아낸 마정에서 귀원마공의 정화를 취한 후 더욱 강력해진 수백 줄기의 뇌전이 삽시간에 조형의 폭풍을 흩어버린다. 아예 처음부터 그런 것 따윈 존재조차 하지 않았던 것으로 만들어 버린다.

그게 시작이었다.

스스슥!

순간적으로 환영분허보를 펼치며 자신의 신형을 수십 개로 나눈 서화 진인이 다시 개천풍운조를 전개했다. 일시 탄쟁협의 좁은 협곡 안을 자신의 분영과 개천풍운조의 조형으로 가득 메워 버린 것이다.

꿈틀!

비로소 사우영이 관심을 드러냈다.

그는 이곳이 좁디좁은 협곡이란 점과 서화 진인이 지형지세에 매우 익숙하단 사실을 깨달았다. 애초부터 이곳을 격전지로 선택한 것부터가 이 같은 상황을 염두에 두고서 벌인 일임이 분명했다.

'아예 피할 곳이 없다는 건가? 그렇다면 피하지 않으면 되겠군!'

사우영이 실제로 그리했다.

그는 일시 자신의 노리며 천지사방을 온통 에워싸 버린 서화 진인의 분영이 만들어낸 조형을 그냥 맨몸으로 받아냈다. 정말로 아무것도 하지 않았다.

파팟!

파파파파파파파팟!

사우영의 전신에서 폭죽과 같은 굉음들이 연달아 터져 나왔다. 일시 그의 배후에 모여 있던 살왕령의 살수들과 염왕대의 무사들이 놀라서 입을 벌렸을 정도로 굉장한 광경이었다. 황당하기까지 한 상황이 벌어진 것이기도 했다.

결과 역시 놀라웠다.

수없이 많은 개천풍운조의 조형에 격타당한 사우영은 멀쩡했다. 그는 장대한 신형을 한차례 휘청거리는 정도의 반응도 보이지 않았다. 혈천강살과 더불어 기갑호신 역시 본래보다 몇 배나 되는 위력을 발휘하게 된 것이었다.

당연히 사우영이 맞고만 있을 위인은 아니다.

다음은 반격이었다.

쩌쩡!

슬며시 치켜올려진 그의 엄지손가락에서 강력한 기운이 뻗어나갔다.

무형(無形).

소리만 있을 뿐 형체가 없다. 게다가 빛을 능가할 정도로 빠르고 위력 역시 극강하다. 어느새 거의 지척에까지 이르렀던 서화 진인이 막아낼 도리가 없다.

콰직!

서화 진인의 오른쪽 견갑골(肩胛骨)이 시커먼 구멍을 드러냈다. 피를 펑펑 쏟았다. 단숨에 목숨을 위협받을 정도의 중상을 당하고 만 거였다.

"……"

사소취대(捨小取大) 215

서화 진인은 이를 악물었다. 절대로 신음을 입 밖으로 내지 않았다. 비록 한쪽 어깨가 완전히 무너져 버렸으나 여전히 자세는 꼿꼿하기 이를 데 없었다.

공격 역시 이어진다.

퍼엉!

어느새 권형을 이룬 좌권이 다시 사우영의 너른 가슴을 때렸다.

칠상권.

만약 과거 수준의 기갑호신이었다면 어느 정도의 타격은 이었을 터였다. 극한에 이른 칠상권은 인체의 외부가 아닌 내부에 속한 장부(臟腑)를 공격하기 때문이다.

그러나 사우영은 여전히 미동조차 보이지 않았다. 간지럽지도 않다는 표정이다.

아니다.

그는 갑자기 서화 진인에게서 떨어져 나왔다. 그리고 천령개를 박살 내려 들어 올렸던 수장을 내려치는 대신 다시 혈천강살을 일으켜 사방으로 뿌려댔다.

"크악!"

"크아아아!"

"으아아악!"

순간 처절한 비명이 터져 나왔다. 서화 진인이 사우영을 붙잡고 있는 동안 협곡의 벽면을 타고 기습을 가해온 장로들이 혈천강살에 오히려 반격을 당한 것이다.

"놈!"

서화 진인이 분노성과 함께 다시 좌수를 사우영에게 뻗어 냈다. 이번엔 칠상권이 아니다. 환마혈환상의 마학으로 마지막 승부를 건 거였다.

그러나 이게 어찌 된 일인가!

서화 진인의 좌수는 사우영의 부근에도 이르지 못했다. 그가 기대했던 어떤 일도 벌어지지 않았음은 물론이다.

"응?"

사우영의 눈에 이채가 서렸다.

그는 은근히 서화 진인의 마지막 한 수를 기대하고 있었다. 이런 상황에서 펼쳐지는 공동파의 최후절학을 통쾌하게 깨부숴 버릴 작정이었다.

그런데 아니다.

전혀 변화가 없다. 최후절학은커녕 방금 전 얻어맞았던 칠상권만도 못하다. 궁금증이 일지 않을 수 없다.

당황스러운 건 서화 진인이 더하다.

그는 어째서 환마혈환상의 마학이 발휘되지 않았는지 이해가 가지 않았다. 전날 마신흉갑을 지닌 운검을 만났을 때조차 이런 일이 벌어지지 않았었다.

서화 진인이 황급히 자신의 좌측 팔뚝을 어깨까지 걷어올렸다. 환마혈환을 확인하기 위함이었다. 그리고 완전히 망연

자실해지고 말았다.

"이게 도대체… 이게 도대체……."

그의 팔뚝.

환마혈환이 자리 잡았던 곳은 깨끗했다. 아예 처음부터 어떤 것도 존재하지 않았던 것 같았다. 흔적도 없이 환마혈환이 사라져 버린 것이다.

사우영이 그 같은 상황을 알 리 없다.

그가 보기에 서화 진인은 정신이 살짝 이상해진 것처럼 보였다. 당당한 일파지존이 사형제들과 문도들의 연이은 죽음과 압도적인 패배 앞에 정신줄을 완전히 놓아버리고 만 거라 생각되었다.

'안됐군. 더 추한 모습을 보이지 않도록 예우해 주는 것도 도리일 터!'

내심 마음을 굳힌 사우영이 번개같이 수장을 들어 올렸다가 서화 진인의 머리를 내리찍었다.

퍼억!

서화 진인의 천령개가 박살났다. 바로 직전까지 짓고 있던 망연한 표정 속에 잠시의 아쉬움과 회한을 담고서였다. 끝까지 귀병자에게 전하지 못했던 한마디와 함께 말이다.

'사제, 미안하이! 이 어리석고 욕심 많은 사형이 대사형에 이어서 자네한테까지 무거운 짐을 넘기고 말았구만! 부디 용서해 주기 바라네. 그리고… 공동파를 부탁함세! 대사형과 사

제, 그리고 내가 사랑했던 공동파를…….'
 털썩!
 서화 진인이 피구덩이 속에 무너져 내렸다.
 공동파 수백 년 역사상 처음으로 장문지존이 탄쟁협에서 목숨을 잃어버린 것이다.

第七十八章

주화입마(走火入魔)
일평생 한차례 경험하기도 어려운 걸 두 번째로 당했다!

華山
劍宗

왕대.

귀병자가 바삐 무공전전과 조사지보 등을 챙기고 있는 용수와 사준을 살피며 내심 눈물을 머금고 있었다.

그의 품속.

봉황령을 내려가는 동안 줄곧 고통을 참고 있던 서화 진인에게서 빼돌린 환마혈환이 챙겨져 있었다. 운검의 마신흉갑을 연구하며 자연스럽게 환마혈환의 비밀 역시 어느 정도 알게 되었다. 귀수라 불리는 그가 고통에 저항하느라 정신이 크게 분산되어 있던 서화 진인에게서 환마혈환을 빼돌리는 건 그리 어렵지 않은 일이었다.

'만약 그대로 놔뒀다면 이사형은 환마혈환이 주는 고통 때문에 대종교의 마두들과 제대로 싸움조차 벌일 수 없었을 것이다. 그리고 마두를 상대로 환마혈환상의 마공을 사용하는 것도 있어선 안 되는 일이었고. 하지만 나는 오늘의 결정을 과연 후일까지 후회하지 않을 수 있을 것인가?'

귀병자는 내심 고개를 가로저었다.

자신이 없다.

이사형이 마지막 순간에 유일하게 믿을 수 있었던 수단을 제거한 것에 대한 죄책감을 느끼지 않을 자신이 말이다.

그러나 그는 다시 고개를 가로저었다.

여전히 환마혈환은 증오의 대상이었다. 공동파에서 가장 우애가 좋았던 삼절을 지난 십수 년간 불신과 고통 속에 몰아넣었던 마물인 것이었다.

'이사형, 염려 마시오! 공동파의 재건을 이룬 후 이 마물은 내 목숨과 함께 무림의 역사 속에서 사라질 것이외다!'

내심의 중얼거림과 함께 귀병자가 어느새 자신의 앞에 눈물을 머금고 서 있는 용수와 사준을 둘러봤다. 그 역시 자연스레 목이 메어온다.

"오늘을 잊어선 안 될 것이니라!"

"…예."

용수는 대답하고 사준은 고개를 숙였다.

귀병자가 그 모습을 보고 이를 악문 채 말했다.

"가자! 어서 가자! 공동산을 떠나 도망쳐야만 하는 거야! 어떻게든 목숨을 유지하기 위해서……."

"……."

용수와 사준이 침묵 속에 귀병자의 뒤를 따랐다. 사존들과 사형제들의 죽음과 비명을 뒤로하고 구차한 삶을 연명하기 위한 도망자가 된 것이었다.

* * *

귓가를 스쳐 가는 바람.

얼마나 빨리 움직이는지 매섭기가 칼날이나 다름없다. 보통 사람이라면 고통을 참지 못하고 눈살이라도 찌푸릴 만하다.

위소소는 보통 사람이 아니었다.

그녀는 평상시와 다름없이 옥으로 빚어놓은 미인상과 같은 얼굴을 한 채 바람 속을 헤집으며 내달리고 있었다. 소수현마경을 완성한 후 다시는 없으리라 생각했던 도주를 감행하고 있는 거였다.

그런 그녀의 양쪽 옆구리.

피투성이가 된 채 의식을 잃고 있는 운검과 팽인영이 들려져 있다. 여인인 팽인영은 그렇다 치고 장신의 운검조차 지금은 한낱 어린애나 다름없이 느껴진다. 아무렇지도 않게 사지

주화입마(走火入魔) 225

에서 두 사람을 구해낸 위소소에겐 그러했다.
 그러나 위소소에게도 고심은 있었다. 어쩌다 운검과 함께 구출하게 된 팽인영의 존재였다.
 '나는 어째서 이 여인까지 함께 구해온 걸까? 보통 이런 경우엔 연적이 죽는 편을 바라는 게 평범한 여인의 심사일 터인데……'
 평범한 여인의 심사.
 위소소가 지금 가장 관심있어하는 부분이었다. 소수현마경을 완성하며 일어난 부작용으로 인해 인간적인 감정을 완전히 잃어버렸다고 여겼기 때문이다.
 그런데 운검은 달랐다.
 그와 재회를 앞두고 위소소는 크게 심사가 불편한 것을 느꼈다. 일부러 만나기를 포기했을 정도였다. 하물며 오늘은 아주 멀리 떨어진 장소에서도 운검의 존재를 느꼈다. 그리고 결국 그를 구출해 내는 데 성공했다.
 당연하달까?
 위소소는 운검에 대한 자신의 감정을 연심(戀心)으로 해석하고 있었다. 그에 대한 사랑이 지극한 탓에 소수현마경을 완성한 상황에서도 감정의 동요를 느끼게 된 거라 여긴 것이다.
 그러니 그녀에게 있어서 팽인영은 연적이라 할 수 있었다.
 위기의 순간!
 자신의 몸을 던져서 운검을 구출해 낸 팽인영의 행동은 누가 봐도 자기희생의 절정이었다. 숭고할 정도의 애정이 없이는 감히 행할 수 없는 일이었다.

'하지만 나는 화가 나지 않았다. 그 외에 어떤 특별한 감정 역시 일지 않았고 말야. 어떻게 그럴 수가 있는 거지? 나는 사실 운 소협을 사랑했던 게 아니었던 걸까?'

모르겠다.

그게 현재 위소소의 솔직한 심경이었다. 소수현마경을 잃어버린 후 경험했던 감정적인 폭류는 그저 과거의 일이었다. 이젠 그저 옛이야기를 듣는 것과 다름없었다.

그런 상념 속에서 열심히 바람 속을 가르고 있던 위소소의 눈에 이채가 어렸다.

저 멀리.

산중턱 외딴 곳에 덩그러니 모옥 하나가 자리 잡고 있다. 이곳이 아직 꽤나 험악한 공동산의 지류임을 감안하면 존재 자체가 괴이한 생각을 들게 한다. 아마도 산속 깊숙한 곳까지 사냥을 나서거나 약초를 캐는 자들이 중간에 쉬어가기 위해 만들어놓은 장소일 터였다.

'이미 탄쟁협에서 충분할 정도로 떨어졌다!'

내심 빠른 판단을 내린 위소소의 신형이 일순 몇 배의 가속을 보였다.

끼이익! 탁!

모옥의 낡은 문을 활짝 열어젖히자 안에 모여앉아 군불을 쬐고 있던 몇 명의 사내들이 일제히 뜨악한 표정이 되었다.

사내들이 짊어지고 있는 건 약초꾸러미다.

애초에 위소소가 예상했던 대로 약초꾼인 거다.

그런 사내들에게 있어 느닷없이 모옥 안에 등장한 위소소는 가히 환상, 그 자체나 다름없었다. 젊은날 첫 번째 몽정(夢精)을 경험하게 만들었던 꿈속에서도 만나본 적이 없는 절대적인 아름다움을 목도하게 된 거였다.

당연히 약초꾼들 중 상당수가 안색을 크게 붉혔다.

개중에는 침까지 질질 흘려대는 자들도 있었다. 대부분 첫눈에 반쯤 넋이 나가버렸다.

그러나 무리엔 우두머리가 있게 마련이다.

약초꾼들에게도 있었다.

가장 나이가 많으면서도 경험이 많은 늙은 약초꾼이 그 같은 위치의 사람이었다. 그는 위소소의 미모에 놀라면서도 그녀의 양손에 아무렇게나 들려져 있는 남녀의 모습 또한 놓치지 않았다.

'…시체나 다름없어 보이는 남녀를 힘든 기색 하나 없이 들고 있다니! 무림인이로구나!'

무림인.

공동산 일대에서 오랫동안 약초를 채집해 왔던 늙은 약초꾼에게 그리 낯선 존재는 아니다. 근처에 있는 공동파를 오고 가는 도사들을 제법 여러 번 본 적이 있었다.

하지만 눈앞의 여인은 달랐다.

그녀는 공동파의 도사가 아니고 시체나 다름없는 남녀를 떠멘 채 모옥 안으로 들어섰다. 잔뜩 긴장이 되지 않을 수 없다. 오랜 경험상 이런 자리는 얼른 피하는 게 옳다는 판단 또한 뇌리 한쪽 구석을 파고든다.

그때 위소소가 화편같이 붉은 입술을 나풀거리며 말했다.

"떠나라!"

"예?"

"당장 이곳을 떠나라고 했다!"

"……"

한빙같이 찬 목소리다.

일순 등덜미가 오싹해지는 느낌을 받은 늙은 약초꾼이 얼른 주변의 동료들을 잡아끌었다. 당장 이곳을 빠져나가야 한다는 본능의 외침에 충실하려 한 것이다.

그런데 단 한 명!

늙은 약초꾼의 명령을 듣지 않고 모옥에 끝까지 남은 자가 있었다. 맨 처음 위소소를 발견한 때부터 눈 한 번 깜빡이지 않고서 넋을 놓은 채 쳐다보고 있는 청년이었다. 약초꾼들 중에서 가장 나이가 젊은 자였다.

위소소는 그를 탓하지 않았다.

대신 그녀는 슬며시 한 걸음 그에게 다가가 빙옥같이 하얀 손을 내밀었다.
"물을 다오."
"예? 옛!"
청년이 얼른 허리춤에 매달아놨던 수통을 꺼내 위소소에게 내밀었다. 그녀가 자신에게 말을 건네준 것만으로 완전히 황홀경에 빠진 모습이다.

그러나 위소소는 더 이상 그에게 시선을 주지 않았다. 입가에 나직한 한숨을 매달았을 뿐이다. 어느새 자신을 뚫어지게 바라보고 있던 청년의 두 눈이 몽롱하게 변하고, 백치 같은 표정을 짓기 시작했음을 눈치챘기 때문이다.

'또 이렇게 됐구나! 어째서 어떤 젊은이들은 소수현마경의 심어(心語)가 듣지 않는 것일까? 다른 자들처럼 심어에 감응하기만 했어도 미혹(迷惑)을 사용할 필요까진 없었을 터인 것을……'

심어와 미혹.

모두 소수현마경을 완성하며 위소소가 얻은 것들이다.

그중에서 위소소는 심어를 잘 사용했다. 웬만한 무위의 무림인조차 굴복시켜서 자신의 뜻에 따르도록 하는 데 탁월한 묘용이 있기 때문이다.

다만 지금처럼 가끔씩 심어가 통하지 않는 상대가 있었다. 주로 혈기방장한 청년들이 그러한데 아직 정확한 이유는 찾아내지 못했다. 그저 심어보다 훨씬 강력한 정신금제 수단인

미혹으로 심신상실 상태로 만들 뿐이었다.
 그렇게 백치가 되어 모옥 밖으로 휘청거리며 떠나가는 청년을 묵묵히 배웅하던 위소소가 내심 중얼거렸다. 이 모든 것이 소수현마경이 천사심공과 달리 완벽하지 못한 때문이라고. 그리고 불현듯 깨달음이 찾아들었다.
 '천사심공! 모든 것은 천사심공 때문이었다!'
 운검과의 첫 번째 만남.
 강렬한 조우와 함께 소수현마경을 강제적으로 제압당한 위소소는 오랫동안 봉인되어 왔던 감정적인 격류에 휘말리게 되었다. 불완전한 소수현마경의 기능이 마비되며 억눌려 왔던 인간적인 감정들이 폭죽처럼 폭발했던 것이다.
 그러다 보니 부근에 항상 함께 있던 운검에게 관심이 가지 않을 수 없게 되었다. 사춘기 시절에 연모했던 오라버니 구천마제 위극양에 대한 감정이 운검에게 전이된 점도 무사하지 못할 터였다.
 그 같은 여러 가지 상황이 소수현마경의 완성 후에도 계속 운검과의 만남을 꺼리게 만들었다. 혹여 그를 다시 만나서 전날 느꼈던 감정적인 격류가 재현되지 말란 보장이 없었다. 그렇게 되면 사우영을 죽이고 다시 구마련의 실지를 회복시키겠다는 원대한 야심도 수포로 돌아가 버리고 만다.
 게다가 오늘 위소소는 완성된 소수현마경을 강하게 끌어

당기는 천사심공의 외침을 들었다. 외면하려 하면 할수록 더 강해지는 마력적인 힘을 경험했다. 그래서 모든 계획을 집어치워 버리고 탄쟁협으로 달려와 운검을 구하게 된 거였다.
 그러고 보니 의아로운 점이 발생했다.
 바로 필생의 대적인 사우영조차 뒤로한 채 사지에서 구출해 낸 운검에 대한 감정이 예전 같지 않다는 점이다. 그와 관계되었을 때 느꼈던 격류는 고사하고 죽음이 임박한 상태인 모습을 보고서도 슬프거나 노여운 감정도 느껴지지 않았다. 전날 천종독심 가극염의 죽음을 느꼈을 때와 변함이 없었다.
 '이젠 알겠다. 어째서 운 소협에 대해 그리 느끼게 되었는지를. 운 소협은 마신홍갑과 함께 완벽한 천사심공까지 사우영에게 빼앗긴 게 분명하다. 어떻게 그런 일이 가능할 수 있는지는 모르겠지만.'
 결론이다.
 명쾌하게 현재 자신과 운검이 처한 상황 변화를 결정지은 위소소의 입가에 담담한 미소가 떠올랐다.
 극미의 미소.
 어떤 자든 의식이 있는 자라면 감히 그녀와 눈조차 마주치지 못할 정도로 숭고한 아름다움이다. 그런 미소를 아무렇지도 않게 입가에 매달았다.
 그와 더불어 한결 마음이 편해진 위소소가 운검과 팽인영을 모옥 바닥에 눕혔다. 슬슬 치료에 들어갈 시간이 된 거였다.

 밤.
 모옥의 중간에 위치한 모닥불의 기운이 점차 떨어져 갈 무렵이었다.
 모닥불 가장자리에 혼곤한 채 눕혀져 있던 운검이 몸을 움찔거렸다. 정신이 돌아오며 한밤의 추위가 기습적으로 체내로 파고들었다. 한기를 느끼지 않을 수 없다.
 "으!"
 나직한 신음과 함께 눈을 뜬 운검이 미간 사이를 좁혀 보였다.
 지독한 두통.
 그와 동시에 오랫동안 경험해 본 바 없는 한기와 단전의 허탈감이 동시에 느껴진다. 전신의 뼈마디가 욱신거리고 잔근육들이 일제히 비명을 내지르는 것은 덤이다.
 그럼에도 운검은 더 이상 신음을 입 밖으로 내뱉진 않았다.
 고통?
 그에겐 친구 같은 존재였다. 구천마제 위극양에게 무공을 전폐당하고 마정이 심장에 자리 잡은 직후부터 줄곧 그래 왔다. 한시도 고통이란 놈으로부터 해방되어 본 적이 없기 때문이다.
 게다가 이 같은 고통은 좋은 점도 있다.

그는 잠시 동안 바뀐 몸상태와 밀려오는 통증을 감내한 후 묘한 상쾌함을 느꼈다. 오랫동안 그의 몸을 옥쥔 채 툭하면 강침을 찔러대곤 했던 마신흉갑으로부터 해방된 거였다.

'…그랬지, 참! 그 곰같이 거대한 덩치를 한 대종교의 소존주란 놈에게 패한 후 마신흉갑을 통째로 빼앗겨 버렸어. 나는. 바보 같게 말야.'

운검의 뇌리로 평생 중 가장 굴욕적인 패배가 떠올랐다.

눈살이 찌푸려지지 않을 수 없다.

사부 현명 진인의 손을 잡고서 화산파에 입문한 후 그는 언제나 주목받는 자리에 위치해 있었다.

비록 부단한 노력이 있었다곤 하나 남들은 도저히 익힐 엄두조차 내지 못하는 화산절학들을 모조리 정복해 나갔다. 대사형 운양 진인을 비롯한 사형제들의 부러움과 질시를 동시에 받은 것도 무리는 아니었다.

당연히 운검에게 있어 패배란 단어는 꽤나 생경했다.

천하제일마라 불리던 구천마제 위극양조차 암습으로 제압할 수 있었다. 그 결과 치명적인 대가를 치러야만 했으나 내심 영광스런 승리에 따르는 부산물이란 생각이 없지 않았다. 어찌 됐든 그는 무림의 구세주였다.

그런 그가 그동안 계속 꺼려왔던 구천마제 위극양의 마정을 폭주시키면서까지 화산제일의 절학인 자하구벽검을 펼쳤다. 언제나와 달리 뒤를 전혀 고려하지 않고서 전력을 다하고서도 패배한 거였다.

"후우우!"

운검의 입에서 파아란 입김이 새어 나왔다.

한숨이다.

평생 처음으로 진짜 패배를 경험했다. 굴욕감과 더불어 복잡한 심경이 머릿속을 어지럽혔다. 일시 어찌해야 할 바를 모르게 된 거다.

그때 운검의 귓전으로 익숙한 목소리가 파고들었다.

"운 소협, 정신이 돌아왔군요. 다행히도."

'이 목소리는……'

운검은 아직 정신이 멍한 상태였다. 무림인답지 않게 하단전에서 진기를 일으켜 운기조식으로 몸상태를 알아보는 기본적인 것도 잊고 있을 정도였다. 머리 회전이 평상시와 같을 리 만무하다.

한참을 고심한 끝에 운검은 목소리 주인을 기억해 냈다.

하지만 그것뿐이었다.

억지로 목소리가 들려온 쪽을 확인하려던 그의 얼굴이 와락 일그러졌다. 정신을 차렸을 때보다 정확히 열 배는 될 법한 고통이 파도처럼 몰려들었기 때문이다.

"……"

용케도 입 밖으로 튀어나오려는 비명을 참아낸 운검의 곁으로 목소리 주인이 다가들었다. 얼마 남지 않은 땔감을 구하

주화입마(走火入魔) 235

기 위해 잠시 모옥을 벗어났던 위소소였다.

 슥!

 흡사 그림 속의 미인도처럼 다소곳하면서도 우아한 자세로 운검에게 다가든 위소소가 빙설 같은 손을 뻗었다. 이마에 열이 남았는지를 파악하기 위함이었다.

 움찔!

 운검이 서늘한 기운이 담긴 위소소의 손이 이마를 닿자 얼굴 근육을 살짝 찡그려 보였다. 서늘한 기운이 이마에서 시작되어 얼굴 전체를 감싸더니, 기경팔맥을 따라 쭈욱 내려왔다. 노도처럼 빠르고 거침이 없이.

 운검으로선 즉시 반응을 보이지 않을 수 없다.

 운기조식으로 단전의 기운을 일으켜서 이마를 통해 체내로 침범한 정체불명의 한기를 몰아내려 했다. 그렇게 함으로써 자기 자신을 방어하려 한 거다.

 '엇!'

 운검의 시도는 불발로 돌아갔다.

 하단전의 텅 빈 느낌.

 다급한 운기조식으로 그가 얻은 건 아무것도 없었다. 단 한 방울의 진기도 끌어올리지 못했다. 단지 기경팔맥을 따라서 이동한 한기에 한바탕 휘저어짐을 당했을 뿐이다.

 그렇다고 아주 나쁜 것만은 아니었다.

 정체불명의 한기가 기경팔맥을 따라 하단전까지 이르렀다

가 천천히 일주천을 하자 한결 몸상태가 좋아졌다. 여태까지 몸을 옴짝달싹도 못하게 만들었던 고통이 누그러들고 답답하게 막혀 있던 기혈도 어느 정도 풀려 나갔다. 정체불명의 한기는 운검의 내상을 치료하고 있었다.

운검이 그 같은 상황을 모를 리 만무하다.

그는 곧 정체불명의 한기에 저항하길 포기하고 진기도인에 충실히 임하기 시작했다. 그렇게 함으로써 자신의 몸상태를 확인하고 내상의 정도를 알아냈다. 놀랍게도 하단전에 자하신공의 진기가 단 한 점도 남지 않았다는 것도 포함해서 말이다.

'허!'

결국 일주천이 끝났다.

운검은 대 자로 뻗은 채 입을 가볍게 벌렸다. 고통이 크게 경감되고 정신 또한 명료해졌으나 쉽사리 움직이지 못했다. 자신의 몸상태를 온전히 알게 된 까닭이다.

슥!

위소소가 운검의 이마에서 손을 떼었다. 소수현마경으로 운검의 운기조식을 돕는 걸 그만둔 거다. 정체불명의 한기야말로 그녀의 완성된 소수현마경의 정수라 할 수 있었다.

문득 운검이 천장을 올려다본 자세를 유지한 채 중얼거리듯 말했다.

"팽 소저는 무사한 거요?"

"팽 소저?"

"탄쟁협에서 나와 함께 있었던 소저 말이오."

"당신은……."

위소소가 잠시 말끝을 흐렸다. 문득 운검이 어떻게 마음 상하지 않게 정확한 현 상황을 전달해야만 하는지 망설여진 거다.

그래 봤자 잠시뿐이다.

그녀가 붉은 입술이 곧 다시 나풀거렸다.

"…운 소협이 자신의 현 상태보다 먼저 걱정하는 걸 보니, 그 팽 소저는 꽤나 소중한 사람인가 보군요?"

"그렇진 않소. 나에겐 이미 마음에 둔 사람이 있으니까 말요. 하지만 그녀는 날 구하기 위해 자신을 던졌소. 궁금한 건 당연하지 않겠소?"

"마음에 둔 사람이라……."

"위 소저도 아니오!"

운검이 단호하게 말하며 천장에서 시선을 떼어냈다. 목이 유연해진 덕분이다. 그의 시선은 어느새 머리맡에 그림처럼 앉아 있는 위소소를 향하고 있었다.

위소소가 별빛을 닮은 눈을 반짝였다.

사내라면 누구든 단숨에 반할 만큼 매혹적인 눈빛이다.

운검은 달랐다.

그는 육 년 전과 다름없이 내공을 깡그리 잃어버린 상황임에도 강인한 표정을 유지하고 있었다. 그렇게 지극히 아름다운 위소소의 시선을 감당해 냈다.

"사락!"

위소소가 기다랗게 늘어진 귀밑머리를 손으로 쓸어 올리곤 미미하게 고개를 끄덕여 보였다.

강인한 의지가 담긴 눈빛.

비록 한때의 착각이긴 하나 자신이 정인으로 생각했던 사내답다. 그를 살리길 잘했다는 생각 역시 뒤따른다. 사우영을 끝장내는 걸 뒤로 미룬 대가치곤 나쁘지 않았다.

"누군지 알 것 같군요. 운 소협의 소중한 사람. 그런데 어째서 날 쫓아서 대륙을 가로질렀던 거죠?"

"내 탓이니까."

"운 소협의 탓?"

"내 탓으로 위 소저는 무공을 잃어버렸소. 절정의 무공을 잃어버린 채 어떠한 위험으로부터도 자신을 보호할 수 없는 가냘픈 여인이 되어버린 거요. 어찌 내가 위 소저를 포기할 수 있었겠소?"

"단지 그런 이유 때문에?"

"내겐 '단지 그런 이유' 같은 게 아니었소. 나는 화산파의 제자요. 어찌 나 때문에 위기에 봉착한 여인을 모른 척할 수 있었겠소?"

"하아!"

위소소의 입가에 흐릿한 입김이 서렸다.

만약 소수현마경의 영향으로 인간적인 감정으로부터 완전히 자유로워지지 않았다면 어떠했을까?

'어쩌면… 나는 이 사람을 사랑했을지도 모르겠구나! 그가 진실로 마음에 두고 있는 여인을 질투하면서도 절대로 포기하지 못하게 되었을지도 몰라…….'

어쩌면 바랐던 일인지도 모른다.

그녀는 운검과의 짤막한 대화로 자신의 예상이 옳았다는 걸 확인했다. 고로 한편 안도가 되면서도 씁쓸한 기분이 마음 한구석으로 퍼져 나가는 걸 어찌할 수 없었다. 진짜로 인간이 아닌 존재가 되어버렸음이 확인되었기 때문이다.

운검이 다시 물었다.

"팽 소저는 무사한 거요?"

"그녀는… 운 소협보다 운이 없었어요."

"운이 없었다니 그게 무슨 소리요?"

"말 그대로예요. 그녀는 무공이 전폐된 후 다시 극랄한 마공에 직격을 당했어요. 내가 구해냈을 때 이미 전신의 기경팔맥과 뼈마디가 모조리 박살나 있었어요. 오장육부 역시 크게 훼손되어 버렸고요."

"그럼 운이 좋았던 내 상태는 어떤 것이오?"

"그건……."

"사실대로만 말해주시오. 대충 짐작은 하고 있으니 말이오."

"…운 소협의 목숨엔 일단 문제가 없어요. 어떻게 된 일인지는 몰라도 심맥과 연결되어 있는 혈맥 몇 군데가 폐쇄된 걸 제외하면 내상의 정도는 그리 크지 않았어요. 그것도 내가 행한 몇 차례의 치료로 많이 나아졌고요. 하지만 하단전과 중단전, 상단전으로 이어지는 기맥의 손상까진 막을 수 없었어요. 그래서 하단전에 축기되어 있던 진원지기가 체내의 세맥 전체로 흩어져 버렸고요."

"하!"

운검이 나직이 탄성을 터뜨렸다.

기가 막힌 심정이랄까?

그의 현 상황이 딱 그러했다. 한 사람의 무인이 일평생 한 차례 경험하기도 어려운 주화입마를 두 번째로 당했다. 그것도 상당한 내상과 함께 말이다. 어처구니없고 자신의 운명이 한탄스럽지 않을 도리가 없다.

'후우! 그나마 예전에 한차례 경험했던 일이라 좀 충격이 덜하구만! 처음에 당했을 때는 천지가 무너진 것 같고, 딱 죽고 싶은 심정이었는데……'

운검은 내심 한숨과 함께 침묵을 지켰다. 입을 굳게 다문 채로 위소소가 전해준 자신의 거지 같은 현 상황을 받아들이려 노력했다. 심중의 충격을 완화할 시간이 필요한 거였다.

그렇게 잠시의 시간이 더 흘러갔다.

갑자기 침묵에 잠겨 있던 운검이 어렵사리 운집한 힘을 이용해 천천히 자리에서 몸을 일으켰다.

"아!"

운검의 현 몸 상태를 누구보다 잘 알고 있는 위소소가 입을 가볍게 벌렸다. 그의 느닷없는 행동에 크게 놀란 거다. 기적을 본 것이나 다름없었기 때문이다.

그러거나 말거나 운검은 잠시 거친 숨을 헐떡이며 호흡을 조절한 후 천천히 걸음을 옮겼다. 모닥불의 반대편에 눕혀져 있는 팽인영에게 다가가는 거였다. 휘청휘청거리는 걸음이나 용케도 쓰러지지 않는다.

위소소가 자신도 모르게 참견했다.

"운 소협, 팽 소저는 지금 전혀 의식이 없는 상태예요. 당신이 다가간다 해도 정신을 찾을 가능성은 없어요. 그렇게 무리해서 온전치도 않은 몸을 움직일 의미는 없……."

"절대!"

목청을 높여 위소소의 말을 중간에서 끊은 운검이 잠시 헐떡인 후 뒷말을 이었다.

"내게는 절대로 의미없는 일이 아니오! 팽 소저는… 그녀는 나를 구하기 위해 목숨을 내던졌소. 자기를 돌아봐 주지도 않는 날 위해서 말이오. 그러니 그녀의 마지막 가는 길을 내가 지켜줘야만 하는 거요!"

"……."

위소소가 입을 다물었다.

그녀는 지금 운검이 매우 감정적이 되어 있다고 여겼다. 자신의 몸 상태도 최악인 터에 곧 숨이 끊어질 팽인영에게 더욱 심력을 쏟고 있었기 때문이다.

그러나 그녀는 문득 이 같은 지극히 이성적인 생각을 떠올린 자신에게 기묘한 이질감을 느꼈다. 어떠한 상황에서도 전혀 감정적이 되지 않는 자신의 인간성에 대한 의구심이었다. 불편함이기도 했다.

'과연 나는 아직도 인간인 걸까?'

알 수 없다.

곧 이런 심사마저 사라지게 될 것 같아 두렵기도 했다.

하지만 이건 모두 위소소 스스로가 선택한 길이었다. 맨 처음 소수현마경을 발견한 후 연공을 선택했을 때부터 말이다.

스륵!

잠시 팽인영의 머리맡에 아무렇게나 주저앉은 운검의 너른 등을 눈으로 좇고 있던 위소소가 슬그머니 모옥을 빠져나갔다.

그와 그녀.

자신으로선 어떠한 사정이 있었는지 알 수 없는 한 쌍의 남녀가 마지막 작별을 나누는 걸 방해하고 싶지 않았다. 그게 아직 조금이나마 남아 있는 인간성을 증명하는 거라도 되는 것처럼 말이다.

　　　　　*　　　*　　　*

　'에휴우, 삭신이야! 하루 밤낮을 달려서 결국 따라잡는 데 성공했구만! 우현에게 부탁받았을 땐 이 정도로 힘든 추격이 될 줄은 몰랐건만……..'

　팔방신개는 눈앞에 보이는 모옥을 눈으로 살피며 내심 혀를 찼다. 설마 무림에서 손꼽히는 경공술을 지닌 그가 이렇게 만리향 추격에 어려움을 겪을 줄은 몰랐던 것이다.

　그러나 어쨌든 간에 만리향의 잔향을 쫓는 거였다.

　몇 차례 중간에서 고생을 하긴 했으나 하루 밤낮을 몽땅 투자한 끝에 그는 결국 만리향의 주인이 있는 곳에 이르렀다. 창으로 흐릿한 불빛이 새어 나오고 있는 모옥을 눈앞에 둘 수 있게 되었다는 뜻이다.

　물론 팔방신개는 바로 모옥 안으로 뛰어들어 가진 않았다.

　그 정도로 순진하진 않다.

　그를 완전히 애먹게 만든 자가 필경 팽인영과 함께 있을 터였다. 일단 조심하면서 상황이 어떻게 흘러가는지를 살펴볼 작정이었다. 비록 경공뿐 아니라 무공에도 자신이 있는 그였으나 경험상 이런 때는 슬쩍 몸을 사려서 나쁠 건 전혀 없었다.

　그렇게 모옥 쪽을 힐끔거리며 시간을 보내고 있을 때였다.

밤이 깊어가며 갈수록 쌀쌀해진 날씨 탓에 맑은 콧물을 훌쩍이게 된 팔방신개의 두 눈이 미세한 신광을 발했다. 모옥 안에서 한 명의 절세미인이 모습을 드러냈기 때문이다.

'저 여아는……'

거의 팔순에 이른 팔방신개가 평생 처음 볼 정도의 미녀다. 게다가 최소한 초절정의 경지에 이른 고수이기도 하다. 뇌리를 스쳐 가는 생각이 없을 리 만무하다.

'…구마련의 잔존 세력들이 구천마제 위극양의 후계자로 밀고 있다던 소수여제 위소소가 틀림없으렷다! 그런데 어째서 팽가 계집애와 함께 있는 거지?'

팔방신개의 눈살이 찌푸려졌다. 갑자기 머릿속이 복잡해져 버린 것이다.

* * *

'으음!'

공동산의 지류인 산중의 밤은 어둠의 장막이 끝이 없을 정도로 펼쳐져 있었다.

유일하게 대지를 비추고 있는 별빛.

그저 툭 하고 건드리기만 하면 대지 위로 마구 떨어져 내릴 것만 같다.

그 같은 산중에 홀로 모습을 드러낸 위소소는 한동안 모옥 주변을 서성거렸다. 달리 할 일이 없기도 하려니와 모옥 주변을 떠날 수도 없었다. 언제 사우영 휘하의 마두가 나타날지 모르는 까닭이다.

그녀는 하릴없이 천공에 빽빽하게 들어차 있는 별빛을 바라봤다. 지금 할 수 있는 일이라곤 그런 것밖에 없는 것 같았다. 누구든 그리 생각할 만큼 침묵 속에 거하고 있었다.

그러던 어느 때였다.

야천에 못 박혀 있던 위소소의 시선이 갑자기 움직임을 보였다.

한쪽 방면.

어둠 중에서도 더욱 어두워 보이는 장소다. 일반인의 시력은 고사하고 절정의 무인이라 해도 그 속을 뚫어볼 순 없을 듯하다. 그 정도의 어둠이 머물러 있었다.

위소소는 절정을 뛰어넘는 무인이었다.

게다가 그녀는 과거 살왕 포진에게 은행마영과 더불어 살수지행의 거의 모든 것을 이어받았다. 단 하나뿐인 그의 직전 제자인 거다. 어둠은 친구나 다름없었다.

"이만한 움직임과 추종술. 살왕 사부가 직접 온 거군요? 하지만 내가 상대일 줄은 몰랐던 것일 테지요?"

"……."

대답은 없었다.

대신 어둠의 깊은 곳에서 가벼운 움직임이 보였다.

환상?

아니면 눈의 착각?

그 정도로 극히 짧은 순간 일어난 일이다. 위소소의 뛰어난 안력과 주의 깊은 관찰 속에서 이뤄진 일이기도 했다.

물론 위소소는 절대 그런 것 따위가 있을 리 없다는 걸 알았다.

그녀가 맞닥뜨린 상대.

과거 구마련에서 살아남은 사대마종 중에서 천종독심 가극염과 유일하게 자웅을 겨룰 수 있는 강자였다. 살수지왕이자 어둠의 제왕인 것이다.

'사우영! 생각했던 것보다 더욱 대단하구나. 천종 사부를 대법으로 제압한 것도 놀라운데, 살왕 사부는 아예 이지를 잃어버린 상태조차 아니라니!'

살왕의 살법.

그것은 결코 본능이나 무위에만 의존해선 최고의 위력을 발휘할 수 없다. 철저한 준비와 냉철한 이성, 창조적인 움직임과 상황 판단력을 필요로 했다. 그래야만 어떠한 상대라도 죽일 수 있는 진정한 살수지왕이 될 수 있는 거다.

당연히 위소소는 지금 그녀의 외침 속에 담겨진 소수현마경에 반응을 보인 포진의 움직임에서 많은 정보를 얻어냈다. 그가 온전한 정신상태를 유지하고 있고 당장 최상의 살법을 펼칠 수 있다는 것 같은 거 말이다.

방심?

있을 수 없다.

그녀는 자신이 소수현마경을 완성한 후 최강의 적수를 만났다고 여겼다. 소수현마경의 최고 강점이라 할 수 있는 심어와 미혹이 극도로 먹히지 않는 상대를 만났기 때문이다. 적어도 포진의 살법이 진행되는 동안엔 그러할 터였다.

슥!

문득 위소소가 조용히 한 걸음을 떼어냈다. 그리고 그와 동시 모습을 감춰 버린다. 어느새 자신의 코앞까지 이른 포진과 같이 은행마영을 펼친 거다.

그것만으로 끝일 리 없다.

순간적으로 모옥 주변의 어둠이 몇 차례 출렁거림을 일으켰다.

일반인은 거의 느끼지 못할 정도의 변화.

대기의 흔들림이다.

그 정도의 격돌이 몇 차례에 걸쳐서 일어났다. 별빛만이 머물러 있는 산속의 한 켠에서 초유의 살수 대결이 벌어진 거였다. 그리고 다시 잠시의 시간이 지났을 때였다.

스슥!

위소소가 다시 모습을 드러냈다. 은행마영을 거두고 자신이 본래 서 있던 장소인 모옥의 앞에 돌아온 거다.

그런 그녀의 손.

백옥이 무색할 정도이던 빛깔이 붉은 기운을 띠고 있었다.
피다.
손가락 끝을 타고 대지 위로 떨어져 내리는 붉은 기운의 정체는 바로 얼마 전까지 뜨겁게 맥동하며 인간의 체내를 돌던 생명의 진수였다.
문득 자신의 피로 물든 손을 눈으로 살핀 위소소가 미미하게 고개를 혼들어 보였다. 나직한 탄식 역시 뒤를 따른다.
"과연 살왕 사부로구나! 부상을 당한 상태에서도 끝까지 소수현마경의 정신금제를 이겨내고 도주를 하다니……."
어둠 속의 대결!
승리자는 위소소였다. 그녀는 극한에 이른 은행마영으로 자신을 감춘 채 포진의 살법을 모조리 막아내곤 최후의 일격으로 상당한 상처를 남겼다.
그리고 소수현마경의 심어 역시 사용했다. 하지만 끝내 포진을 회유하는 데는 실패했다. 부상을 당하자마자 그가 자신의 살법을 거둔 채 도주를 선택했기 때문이다.
내심 탄식을 토해낸 위소소가 슬쩍 시선을 모옥 쪽에 던졌다.
포진을 놓쳤다.
곧 사우영의 천라지망이 이곳을 향할 것이다. 지금 당장 다시 도주해야 마땅한 상황이었다. 무공을 잃어버린 운검을 보호하며 천라지망을 뚫는다는 건 매우 힘든 일인 까닭이다.

하지만 위소소는 곧 모옥에서 시선을 거둬들였다.
운검은 팽인영의 마지막을 지키고 있었다. 그렇게 하도록 부탁했다. 설혹 후일 어려움이 닥친다 해도 그의 뜻을 꺾게 하고 싶진 않았다.
바람.
별빛을 따라 불어온 차가운 대기가 문득 위소소의 삼단 같은 머리를 흩날리게 만들었다. 그녀가 피로 젖은 손을 들어 자신의 귀밑머리를 무심히 매만졌다.

第七十九章

무혈입성(無血入城)
북궁세가는 반드시 신속하게 수복되어야만 한다

華山
劍宗

'으으으으으으음…….'
팔방신개는 내심 침음을 터뜨렸다.
그는 초절정 급의 고수다.
당연히 모옥 주변에서 위소소와 살왕 포진 간에 벌어진 살법 대결을 어렴풋이나마 짐작할 수 있었다. 내심 찬탄이 절로 흘러나오지 않을 수 없다. 만약 두 사람 중 어느 누구라도 이런 식으로 자신을 공격한다면 살아남기 쉽지 않겠다는 생각이 들었기 때문이다.
물론 그런 것은 잠시 떠올린 생각이다.
그리 큰 문제는 아니었다. 적어도 심각하게 고심할 만한 것은 말이다.
 팔방신개는 위소소에게 부상을 당한 포진의 행적을 우연찮게 알게 되었다. 마침 포진의 퇴각 방향이 그가 은신하고 있던 장소와 묘하게도 겹치게 된 까닭이다.
 생각해 보면 그리 이상할 것도 없다.
 그는 본래 추종술의 고수로 만리향의 뒤를 쫓아와 은신해 있는 상황이었다. 가장 모옥 쪽을 관찰하기 쉬우면서도 자신의 위치는 숨기기 쉬운 장소를 물색하지 않을 수 없었다.
 포진 역시 마찬가지다.
 그는 자신과 동급의 살법을 지닌 위소소에게 의외의 일격을 당한 채 살수지왕의 감각을 발휘해 본능적으로 도주로를 설정했다. 팔방신개와 비슷한 과정을 거쳐서 장소가 겹치게 된 건 완전히 우연이라고만은 할 수 없을 터였다.
 거기에 팔방신개가 침음하는 이유가 존재했다.
 부상을 당한 포진.
 그것도 우연찮게도 퇴각 장소가 자신이 은신한 방면과 겹치고 있었다. 마음 한 켠에 진한 유혹이 일지 않을 도리가 없다. 무(武)로써 세상을 살아가는 무림인의 숙명이었다.
 '저놈은 필경 구마련의 살왕 포진이 분명하다! 그 살수지왕이라 불리는 녀석 말야! 과연 내가 이 지독한 어둠 속에서 녀석과 겨뤄서 이길 수 있을 것인가?'
 보통 때라면 생각하고 자시고 할 것도 없다.

절대로 팔방신개는 포진과의 대결에 나서지 않을 터였다.
 무공의 고하를 떠나 포진의 살법이 얼마나 대단하다는 걸 정보로 먹고사는 개방의 대장로로서 모르지 않기 때문이다. 그가 아는 포진의 살수행은 신화(神話), 그 자체였다.
 단! 지금은 사정이 달랐다.
 거의 유일하게 팔방신개가 포진을 죽일 수 있는 확률이 올라가 있는 때였다. 게다가 그는 필경 만리향의 주인을 뒤쫓아 온 게 분명했다. 이대로 공동파를 단 하루 만에 괴멸시킨 괴물이 있는 곳으로 보내줄 순 없었다.
 '에휴! 그러니 결국 내가 저 지독한 살인귀 녀석을 막아야만 한다는 뜻인가? 적어도 이십 년은 더 살아서 백수(百壽)는 채워야 하건마는.'
 아마 개방의 뭇거지들이 들으면 벽에다가 똥칠할 때까지 살려고 하는 거냐는 비난을 퍼부었을 터였다. 지금도 충분히 오래 살아서 툭하면 개방 거지들에게 잔소리를 퍼붓는 고약한 늙은이였기 때문이다.
 번뜩!
 일시 극도로 자제하고 있던 내공력을 극한까지 일으킨 팔방신개가 근접까지 다가선 포진을 향해 암습을 가해갔다. 살수지왕을 마치 살수와 같은 방법으로 죽이려 한 거였다.
 생사결전의 시작.
 어둠 속에서 다시 펼쳐지게 되었다.

  *   *   *

 새벽.
 동이 터오기 시작하는 때였다.
 밤새 팽인영의 머리맡을 지키고 있던 운검이 여전히 휘청이는 걸음으로 모옥을 빠져나왔다.
 여명(黎明)의 탓인가?
 손을 들어 눈가를 가리고 있는 운검의 두 눈에 붉은 기운이 엿보였다.
 그때까지 모옥 앞을 지키고 서 있던 위소소가 운검을 바라봤다. 여전히 감정이 드러나지 않는 조각상 같은 얼굴이나 진홍의 입술은 슬며시 안타까움을 담는다.
 "팽 소저는 끝까지 정신을 차리지 못한 건가요?"
 "차라리 잘된 일이오. 만약 중간에 정신이 돌아오기라도 했다면 저 몸으로 고통을 견디기가 쉽지 않았을 테니까……."
 "그렇군요."
 "그런 것이오."
 무의미한 대화였다.
 두 사람 모두 그 사실을 알고 있었다.
 그때 운검이 갑자기 손을 입으로 막고서 격렬한 기침을 토하기 시작했다.

"콜록! 콜록! 우웨에에에엑!"

"……"

운검은 무공만 잃어버린 게 아니다. 상당한 정도의 내상 역시 입은 상황이었다. 초인적인 의지로 팽인영의 곁을 밤새 지키긴 했으나 몸 상태가 말이 아니란 건 쉽사리 알 수 있는 사실이었다.

기침과 함께 피가 섞인 토사물을 바닥에 게워내는 운검을 침묵 속에서 지켜보던 위소소가 말했다.

"이곳은 밤새 노출되었어요. 곧 대종교의 추격대가 몰려올 테니, 한시라도 빨리 피해야만 해요."

"허억! 허억!"

토사물을 게워내는 걸 멈추고 몇 차례 격렬한 호흡을 내뱉은 운검의 시선이 위소소를 향했다. 추궁 역시 뒤따른다.

"어째서 내게 그 사실을 미리 알려주지 않았소?"

"운 소협은 간밤에 팽 소저의 곁을 지키고 있었어요. 그 시간쯤은 지켜줄 수 있다고 생각했어요."

"대단한 자신감이로군! 대종교의 소존주인 사우영, 그 자식은 정말 괴물같이 강한 놈이오. 그 사실을 알고 그런 짓을 계획한 거요?"

"예."

위소소가 고개를 끄덕여 보였다.

무혈입성(無血入城) 257

운검은 입술꼬리를 슬쩍 비틀어 보였다. 눈앞의 절세미인이 과거 자신이 만났을 때완 사뭇 달라졌다는 걸 깨달은 거였다.

그렇다 해도 다급한 상황이다.

이런 말도 안 되는 꼴로 사우영을 만날 순 없었다.

절대로 자신은 지금 이곳에서 개죽음을 당할 수 없었기 때문이다. 그러겠다고 밤새 팽인영의 머리맡에서 다짐하고 또 다짐했었다.

내심 빠르게 염두를 굴린 운검이 명령하듯 말했다.

"지금 당장 모옥을 불태워 주시오!"

"팽 소저를 이대로 화장하려는 건가요?"

"어차피 사람은 죽으면 그것으로 끝이오. 땅에 장사를 지내나 불에 타서 한 줌의 재로 변하나 결국 부토가 되어 자연의 품으로 돌아가기는 매한가지요."

"도사나 할 법한 얘기군요?"

"나! 원래 도사였소."

"……"

운검의 단호한 말에 위소소가 대답 대신 고개만 살랑이며 끄덕여 보였다. 그녀 역시 운검의 현 판단이 옳다고 지지하는 심정이었다. 괜스레 그리 많이 남지도 않은 인간성을 내세워 마다할 이유는 없었다.

그렇게 잠시의 시간이 흘러 운검과 위소소가 보는 앞에서 모옥은 한 덩이의 커다란 불꽃으로 화했다. 무영화 팽인영이란 하북팽가가 낳은 불세출의 여고수와 함께 세상에서 자취를 감추게 되어버린 거였다.

  삶에서 나와 죽음으로 들어간다.
  삶의 무리가 열에 셋이 있고,
  죽음의 무리가 열에 셋이 있으며,
  사람이 사는 데 움직여 죽음의 땅으로 가는 것이 또한 열에 셋이 있다.
  대저 무슨 까닭인가?
  그 삶을 삶으로 하는 것이 두터움(집착함)으로서다.
  대개 듣건대 삶을 잘 기른 사람은
  뭍으로 가도 외뿔소와 범을 만나지 않고,
  군에 들어가도 갑옷과 칼을 입지 않는다.
  외뿔소도 그 뿔을 던질 곳이 없고,
  범도 그 발톱을 둘 곳이 없으며,
  칼도 그 날을 넣을 곳이 없다고 한다.
  대저 무슨 까닭인가?
  그 죽을 땅이 없기 때문이다.

눈앞의 큰불을 바라보며 운검은 도덕경을 암송했다.
참 오랜만이다.

화산을 내려오며 한차례 입에 담은 후 아예 잊어버린 것처럼 취급하고 있었다. 다시는 화산으로 돌아가 도사 노릇을 할 생각이 없었기 때문이다.
 하지만 지금 그는 누가 강요해서가 아니라 자신의 의지로써 다시 도덕경을 입에 담고 있었다. 화산을 내려올 때처럼 모든 것을 잃어버린 채 도덕경의 경문에 자신의 뜻을 담아내고 있는 거였다.
 그렇게 도덕경의 암송이 끝났을 때다.
 합장 배례로써 마음속 한 켠에 남아 있던 팽인영을 깨끗이 놓아준 운검이 한층 부드러워진 시선을 위소소에게 던졌다.
 "위 소저, 부탁하겠소."
 "어디로 가고 싶으신가요?"
 "화산!"
 운검의 마지막 말을 들은 위소소가 미미하게 고개를 끄덕여 보였다.
 승룡비천검!
 근래 화산파가 천하에 배출해 낸 영웅이자 기재다.
 그런 그가 모든 것을 잃어버렸다. 다시 화산으로 돌아가는 게 마땅하다는 생각이 들었다.
 '게다가 화산파라면 운 소협을 한동안 보호해 줄 수 있을 거야. 내가 사우영을 죽이고서 그의 세력을 모조리 내 것으로 만들 때까지……'

내심의 중얼거림과 함께 위소소가 운검의 쇠약해진 몸을 안았다. 그를 아기처럼 안고서 화산으로 떠날 작정이었다.
　"크험!"
　어색한 기침과 함께 운검이 모기만 한 목소리로 중얼거렸다.
　"그냥 업는 편이 어떻겠소?"
　"미안해요. 너무 내 생각만 했군요."
　"뭐, 그런 건 아니고……."
　말끝을 흐리는 운검의 몸을 위소소가 단숨에 등 쪽으로 돌려놨다. 아기처럼 안긴 자세에서 아기처럼 업힌 자세로 상황이 바뀐 것이다.
　'그거나 이거나……'
　운검이 내심 불만스런 탄식을 삭이며 얼른 위소소의 목에 팔을 둘렀다. 어느새 그녀가 그의 엉덩이를 추어올리곤 한줄기 바람처럼 신형을 날려가기 시작한 때문이다.

*　　　*　　　*

　여산(驪山).
　섬서성 서안부에 위치한 산으로 회창산(會昌山)이라고도 하며 예로부터 온천으로 이름이 높다. 주나라 때 여융(驪戎)이 와서 살았기 때문에 이 이름이 붙었다고 한다.

진시황이 온천을 이용하려고 각도(閣道)를 만들었고 당의 태종은 온천궁을 지었고, 현종은 온청궁을 화청궁(華淸宮)으로 고쳤다고 한다.

우현의 안색은 평상시와 달리 조금 창백했다.
눈빛에 담겨져 있던 현기 역시 가벼운 흔들림을 보인다.
그가 감숙성을 떠나 섬서로 돌아온 한 달여 만에 연달아 비보가 날아들었는데, 그중 하나가 오랜 친우인 팔방신개의 죽음이었다. 비록 냉철하기로 이름난 정파제일의 지자라 하나 심중의 동요가 없을 리 만무하다.
그에게 그 같은 비보를 전한 개방 방주 항룡신장 곽거이가 비분에 찬 표정으로 말했다.
"사부님의 시체는 공동산에서 이백여 리 정도 떨어져 있는 산의 지류에서 발견되었습니다."
"사인은?"
"인후혈에 남겨진 십자형의 상흔이 치명상이었습니다."
"살왕!"
우현이 나직이 부르짖었다.
인후혈에 남겨지는 십자형의 상흔.
그것은 살왕 포진의 독문살법 중 하나인 명부인(冥府印)의 흔적이었다. 오랫동안 구마련 구대마종에 대해서 뒷조사해 온 우현이기에 쉽사리 짐작해 낼 수 있었다.

곽거이 역시 마찬가지다.

그는 우현이 괴로워하는 모습을 보고 첨언하듯 말했다.

"살왕 포진 역시 무사하진 못했습니다. 사부님의 시체가 발견된 장소 부근에서 장력에 파쇄된 다리 한쪽을 발견했으니까요. 살수지왕은 앞으로 더 이상 살수지왕이라 불릴 수 없게 된 겁니다."

"......"

우현은 곽거이가 한 말의 의미를 알 수 있었다.

구마련의 구대마종 중에서도 포진은 상위 삼마종에 속하는 자였다. 비록 구정회의 기인이사들의 명성이 드높다곤 하나 한 단계 위의 존재라 아니 할 수 없었다.

그런데 놀랍게도 그런 포진을 팔방신개는 단독으로 대결해서 치명상에 가까운 상처를 입힌 거다. 비록 자신의 목숨 역시 내놓아야만 했으나 개방의 입장에서는 대단한 쾌거라 아니 할 수 없을 터였다.

'그렇다곤 하나 신개의 죽음은 너무 큰 타격이로구나! 곧 서패 북궁세가 수복전이 벌어져야만 될 시점인 것을.'

내심 탄식하는 우현에게 곽거이가 더욱 조심스런 표정이 되었다. 방금 전까지 팔방신개의 제자로서의 자세를 취하고 있었다면 지금은 개방의 방주로서의 신중함을 보였다.

"그런데 만리향의 흔적 역시 그곳에서 종적을 감췄습니다."

"완전히 말인가?"

"그렇습니다. 그리고 그곳에서 화장의 흔적 역시 발견되었습니다."

"설마……."

"예, 이십대 초반 여인의 것으로 보이는 유골이 발견되었습니다. 불에 거진 타서 남은 게 얼마 없긴 했으나 다행히 치아와 두개골 일부가 온전하게 남아서 연령과 성별을 추정할 수 있었습니다."

"……."

우현이 손을 들어 자신의 이마 한 켠을 짚었다.

고뇌 어린 표정.

발견된 유골의 주인이 누군지 잘 알고 있는 까닭이다. 그러나 그는 곧 손을 이마에서 떼어내고 평상시의 표정을 되찾았다. 팔방신개의 죽음보다 훨씬 사안이 심각했기 때문이다.

"곽 방주가 바로 수고를 좀 해주셔야겠네."

"명령만 내려주십시오."

"수습한 유골을 은밀하면서도 신속하게 하북팽가로 보내주시게나. 신개의 죽음과 함께 말일세."

"그건……."

"대종교의 중원침공은 이미 시작되었네. 감숙성 무림의 수습이 끝나는 즉시 섬서로 마도의 대군이 진격해 들어올 걸세. 그런데 우리는 아직 서패 북궁세가의 수복조차 이루지 못했어. 자칫 전화(戰火)가 중원 전체로 확장될 수도 있음이니, 일단 하북팽가와 황궁의 세력이 먼저 적의 예봉을 꺾는 역할을 맡아줘야만 할 것일세."

"……"

곽거이는 개방의 방주다.

구정회와도 밀접한 관계가 있는 사람이기도 했다.

당연히 이번 대종교가 중심이 된 변방 마도연합의 중원침공이 불러올 파급 효과를 쉬이 짐작할 수 있었다. 더불어 우현이 내놓은 다소 더러운 계략으로 얻을 수 있는 이점 역시 알았다. 내심 한숨이 흘러나왔으나 거부할 수는 없었다.

'사부님께서는 줄곧 말씀하셨다. 정파무림의 최후 보루는 다름 아닌 우현 군사님이라고. 사부님께서 자신의 목숨을 아낌없이 거셨던 분이니, 나로서도 믿고 따를 밖엔 도리가 없을 것이다.'

내심 염두를 굴린 곽거이가 정중하게 고개를 숙여 보였다. 우현이 내놓은 계략에 따르기로 마음의 결정을 내린 것이다. 일단은 말이다.

스슥!

사부 팔방신개에 버금가는 절정의 취팔선보.

순식간에 자신의 곁을 떠나간 곽거이의 뒷모습을 눈으로 좇던 우현이 내심 고개를 가로저었다.

그가 내놓은 계략!

마도나 사파의 거마효웅들이나 써먹을 법한 거였다. 더럽고 악취나기로 따지면 오히려 더하면 더했지 결코 덜하지 않을 만했다.

그러나 그는 자신의 결정을 결코 후회하지 않았다. 아니, 그럴 수가 없었다.

'무적도 팽무군은 본래 이런 일에 사용하기 위한 칼이었다. 하지만 무영화 팽인영, 그 여아가 그렇게 된 건 참 가슴 아픈 일이로구나. 운검, 그 아이와 마찬가지로.'

승룡비천검 운검의 생사.

감숙성을 떠나며 공동파와 함께 버린 지 오래다. 그렇게 마음을 정리하지 않고선 섬서에서 대종교의 이번 중원침공을 방어해 낼 수 없다는 판단이었다.

하지만 팽인영과 운검 같은 미래 정파무림을 이끌어갈 동량을 잃어버린 건 가슴 아픈 일이었다. 그게 비록 정파무림의 안위를 위한 피치 못할 희생이었다곤 해도 말이다.

그때 잠시 상념에 젖어 침묵 속에 거하고 있던 우현의 배후로 여전히 귀면탈을 쓴 귀왕 소연명이 모습을 드러냈다. 개방방주 다음은 강북 하오문의 총수였다.

"강호제일의 철혈심을 지녔다는 우현이 어찌 그리 약한 모습을 하고 있는 것이오? 숨겨놨던 마누라가 그사이 바람이라도 난 것이외까?"

"허허!"

우현이 언제 마음의 동요를 겉으로 드러냈냐는 듯 입가에 담담한 미소를 매달았다.

슥!

그런 그의 앞으로 소연명이 귀면탈을 쓴 얼굴을 들이댔다. 무례할 정도로 과격한 동작이다.

"내 이곳으로 달려오다가 신개가 죽었다는 얘기는 들었소이다. 상심이 크셨겠소이다?"

"족히 삼십 년이 넘게 사귄 벗이외다. 어찌 슬픔을 느끼지 않을 수 있겠소이까?"

"그래도 살수지왕을 외다리 병신으로 만들었으니, 그건 또 신개다운 죽음이기도 할 것이오."

"과연!"

우현이 소연명에게 찬사를 보냈다. 개방 내의 일급기밀을 어찌 알아냈는지에 대한 궁금증은 뒤로 미뤄두고서다.

소연명이 말을 이었다.

"그래서 말인데 북궁세가는 언제 치실 거요? 여산 부근에 구정회의 늙은이들이 집결한 게 벌써 보름을 훌쩍 넘어가고 있지 않소?"

"북궁휘 공자가 서안으로 돌아오는 대로 시작될 거외다. 북풍단과 함께."

"역시 사단을 먼저 회유해서 북궁세가 내에 무혈입성(無血

入城)하겠다는 것이오? 하지만 북궁휘 공자는 부친을 죽인 패륜아로 낙인찍혀 있는 터라 사단을 회유하기가 그리 쉽지만은 않을 터인데……."

"북궁휘 공자의 현 기량이라면, 귀왕의 도움만으로도 충분히 사단을 회유할 수 있을 거외다."

"내 도움만으로?"

"그렇소이다. 귀왕이 그동안 열심히 서안 부근을 누비며 모아놓은 북궁세가 요인들에 대한 정보 말이외다."

"크험! 험!"

소연명이 연달아 헛기침을 터뜨렸다. 얼른 주변을 이리저리 둘러보는 것이 혹여 부근에서 엿듣는 사람이 있을까 봐 두려워하는 모습이다.

우현이 다시 입가에 미소를 담았다.

"이 사람은 본래 입이 꽤나 무거운 편이외다. 귀왕은 말이 샐 것을 걱정할 필요는 없을 것이외다."

"반드시 그래야만 하오! 사패와 관련된 추문을 캐고 돌아다닌 게 알려지면 가엾은 하오문도들이 중원 내에 발붙일 곳이 없게 될 수도 있는 문제니까 말이오."

"그러니 더더욱 귀왕은 북궁휘 공자를 물심양면으로 도와야만 할 거외다. 그게 모두를 위해 좋은 일이지 않겠소이까?"

"그야……."

소연명이 말끝을 흐리며 우현을 빤히 바라봤다. 귀면탈로 숨겨져 있는 얼굴 안쪽이 어느새 상당히 흉칙하게 일그러져 있음은 두말하면 잔소리겠다.

우현이 화제를 바꿨다.

"영제가 강남 녹림 총표파자인 홍염마녀와 함께 감숙성 방면으로 향하고 있다고 들었소이다. 인편을 보내야만 하지 않겠소이까?"

"영제는 무슨! 하나밖에 없는 사부의 말을 지지리도 안 들어 처먹는 몹쓸 제자인 것을! 그래도 홍염마녀와 함께 있는데 무슨 큰일이라도 있겠소이까?"

"호오? 그런 것이외까?"

"그, 그런 것이라니, 무슨……."

"북궁휘 공자가 마침 북풍단을 회유하기 위해 그쪽 방면으로 길을 떠났소이다. 그러니 잘하면 영제와 만날 수도 있을 거라는 거외다."

"……."

우현의 얼굴에는 놀라는 기색이 완연했다. 언제 팔방신개의 죽음 때문에 침울했냐는 듯하다. 내심 꾸며놓은 각본이 있었던 소연명으로선 꽤나 속이 불편하지 않을 수 없다.

'늙은이가 눈치는! 정말 귀신이 형님 하고 가겠구만! 정말 지모 싸움으론 아예 상대가 되지 않겠어!'

내심 우현을 징그럽다는 듯 바라본 소연명이 다시 주변을 살핀 후 나직이 중얼거렸다.

무혈입성(無血入城) 269

"졌소! 항복이오! 내 어찌 우현을 속일 수가 있겠소이까?"
"그럼?"
"북궁휘 공자한테 아무런 사심 없이 내가 그동안 모아놓은 정보를 모두 넘기도록 하겠소이다."
"그리하시는 게 좋을 거외다. 그런 식으로 마음을 써준다면 어찌 북궁휘 공자가 귀왕에게 고마움을 느끼지 않을 수 있겠소이까?"
"흥! 나한테 고마움을 느껴본댔자……."
"귀왕에게 고마움을 느끼면 자연히 영제한테도 관심이 기울지 않겠소이까? 이번 북궁세가 수복전이 성공리에 끝나면 노부가 한번 월하노인(月下老人) 역할을 맡도록 하겠소이다."
"정말 그래 주시겠소이까?"
"어찌 귀왕에게 내가 빈말을 하겠소이까? 바로 손바닥을 세 차례 부딪쳐서 약속하도록 합시다."
"좋소!"
소연명이 버럭 소리친 후 얼른 손바닥을 내밀어 우현과 세 차례 부딪쳤다. 무엇으로도 거둘 수 없는 강호상의 맹세를 그렇게 맺은 것이다.

그리고 크게 희희낙락한다.

'잘됐다! 잘됐어! 정파제일의 지자인 우현이 매파(媒婆) 노릇을 한다면 이번 혼사는 반드시 성공할 수 있을 것이다! 마침 화산파의 승룡비천검 운검이란 녀석도 흔적이 완전히 사

라졌고 하니까…….'

서패 북궁세가의 수복.

그 뒤에 가주 위에 오를 사람은 누가 뭐라 해도 북궁휘였다. 그렇게 결정되어 있었다.

당연히 소연명은 은연중에 북궁휘를 제자 사위감으로 무척 탐내고 있었다. 섬서무림의 떠오르는 별이라 할 수 있는 운검 역시 관심이 있긴 했으나 북궁휘와는 비교가 되지 않는다고 여겼다.

화산파보다는 북궁세가!

현 정파 천하가 구대문파보다는 사패에 더욱 무게 중심이 기울어져 있었기 때문이다. 얼굴도 북궁휘 쪽이 운검보다 훨씬 잘생겼고 말이다.

그런 까닭으로 그는 '비무초친의 변' 이후 줄곧 북궁세가 요인들에 대한 정보 수집에 골몰해 왔다. 구정회의 후원을 받는 북궁휘가 다시 북궁세가를 수복할 때 누구보다 큰 도움을 줘야만 한다는 판단이었다. 그렇게 함으로써 북궁휘를 자신의 제자 사위감으로 낙찰시키려 한 거다.

'그런데 설마 홍염마녀 그 요사스런 계집이 중간에 북궁휘 공자를 가로채서 날름 삼켜 버리는 건 아닐 테지?'

다 된 밥에 재를 빠뜨릴 순 없다.

문득 어떤 사내든지 홀려 버릴 정도로 요염한 진영언의 미모를 떠올린 소연명의 마음이 다급해졌다. 아무래도 자신이 몰래 찾아가서 일이 틀어지지 않도록 조정할 필요성을 느낀 것이다.

"우현, 그럼 그런 줄 알고 이 사람은 잠시 자리를 비우도록 하겠소이다."

"제자를 보러 가시는 것이외까?"

"뭐, 그런 게지요."

대답과 더불어 소연명이 총총히 우현의 곁을 떠나갔다. 먼저 떠나간 곽거이와 같이 꽤나 바쁜 걸음이다.

     *   *   *

동천(銅川)의 소화산장(小華山莊).

소화산(小華山)의 인근에 위치한 작은 산장의 정체는 다름 아닌 강북 하오문의 동천 지부였다.

그곳에 거진 한 달간 발이 묶인 두 여인이 있었다.

바로 운검을 찾아 북상하던 중 북풍단의 행로를 추격해 온 진영언과 소금주였다.

그들은 한 달여 전 동천 부근에 이른 후 정보 취합을 위해 소화산장을 들렀는데, 때마침 냉면삼마가 중상을 당했다. 북풍단의 뒤를 쫓던 중 재수없게 충돌하게 된 게 원인이었다.

"하아암!"

소금주는 작은 몸을 한껏 네 활개쳤다.
 새벽이 되자마자 그녀는 평소처럼 냉면삼마의 병세를 확인하고 처소로 돌아왔다. 아직도 잠이 덜 깨서인지 하품이 절로 입 밖으로 튀어나온다.
 그때 그녀의 귓전으로 익숙한 목소리가 파고들었다.
 "아주 찢어지는구나! 찢어져!"
 "응?"
 소금주가 하품을 멈추고 소리가 난 쪽으로 고개를 돌리다 와락 울상이 되었다. 그녀의 양갈래로 땋아내린 머리끝을 잡아당기는 거친 손길 때문이다.
 "아파! 아파요!"
 "아파? 그거 잘됐구나! 그렇지 않아도 아프라고 이렇게 하고 있는 건데 말야!"
 "우엥!"
 결국 소금주가 울음을 터뜨렸다. 두 눈에 눈물이 줄줄 흘러내리고 있다.
 그 모양을 보고서야 진영언은 머리 잡아당기기를 그만뒀다. 그리고 여전히 퉁명스레 말한다.
 "참 재주도 좋다. 마음만 먹으면 두 눈에서 눈물을 줄줄 쏟아낼 수 있으니 말야."
 "진짜로 아파서 운 거예요!"
 "아예 머리를 확 뽑아버릴까?"

"안 돼요!"

진영언의 독한 말에 소금주가 기겁해서 자신의 머리를 양손으로 감싸 안았다. 그뿐 아니라 아예 바닥에 쪼그려 앉은 채 부들부들 작은 몸을 떨기까지 한다.

그러나 진영언의 냉소는 여전히 입가에 머물러 있었다. 전혀 소금주의 행동거지를 믿지 않는 눈치다.

힐끔.

슬그머니 눈을 굴려 진영언의 행동을 살핀 소금주가 불쑥 입술을 내밀었다. 그동안 너무 붙어다닌 게 화근이다. 이젠 자신의 행동 반경을 모조리 읽혀 버려서 어찌해 볼 도리가 없게 되어버렸다.

결국 머리를 감싸고 있던 손을 풀고 쪼그린 자세를 푼 소금주가 소매로 눈가를 훔치며 말했다.

"영언 언니, 제가 그동안 입수한 정보에 의하면 감숙성은 이미 대종교의 마두들 천지예요. 냉면삼마 선배들의 도움도 없이 성의 경계를 넘는 건 섶을 짊어지고 불 속으로 뛰어드는 거나 다름없어요."

"그래서 여태까지 냉면삼마가 부상을 치료하길 기다리고 있었던 거 아니냐? 그런데 근래 그 망할 늙은이들이 하는 짓거리를 보니, 내상을 치료할 생각이 아예 없는 것 같더구나?"

"그건……."

"그건 내 오해인 거냐? 여태까지처럼?"

"……."

연속적인 진영언의 질문에 소금주가 입을 굳게 다물었다. 본래 하려 했던 말을 진영언이 먼저 끄집어냈다. 달변인 그녀지만 일시적으로 말문이 막히지 않을 수 없다.

진영언이 눈을 차갑게 빛냈다.

"그래서 나는 결정을 내렸다."

"어떤 결정이요?"

"여기서 너, 앙큼한 계집애와 찢어져서 이곳을 떠나가기로 말이다. 그러니까 잘 있어라!"

"어……."

소금주의 입이 가볍게 벌어졌다. 설마하니 진영언이 이렇게 나올 줄은 몰랐기 때문이다.

'곧 이곳은 정마대전의 중심이 될 게 뻔한데… 그런데도 혼자서 떠나겠다는 거야? 정말로?'

질리는 기분이다.

소금주는 여태까지 운검에 대한 애정이 누구 못지않다고 생각해 왔다. 실제로 줄곧 진영언을 연적으로 대해왔고, 언젠간 넘어야 할 장애물 정도로 여겼다.

그런데 진영언의 이 순수한 질주는 어찌해 볼 도리가 없다.

감히 뛰어넘을 수 없는 경지였다. 그녀는 지금 자신과는 달리 아무런 계산 없이 운검을 향해 달려가려 하고 있는 것이다. 죽음의 위험조차 아랑곳하지 않고서 말이다.

내심 푸욱 하고 한숨을 내쉰 소금주가 벌써 자신을 뒤로한 채 산장 밖으로 걸어가고 있는 진영언의 뒤를 냉큼 따라나섰다.

아주 잠깐 동안!

중상을 가장한 채 한 달 동안 소화산장에 자신을 잡아뒀던 냉면삼마의 당부가 뇌리를 어지럽혔으나 개의치 않았다. 이대로 진영언만 혼자 사지로 보낼 수는 없었기 때문이다.

"영언 언니이!"

"왜?"

"같이 가요!"

"냉면삼마 늙은이들은 어쩌고?"

"죽진 않을 거예요."

단호한 소금주의 대답에 진영언이 픽 하고 웃어 보였다. 그리고 슬쩍 고갯짓을 해 보인다.

"오려면 빨리 오고."

"에예!"

소금주가 입술을 한차례 불쑥 내밀어 보이곤 냉큼 진영언에게 달려갔다.

'에휴, 운검 가가하고 영언 언니가 잘되도 그리 화가 날 것 같진 않네. 좀 분하기는 하겠지만 말야.'

문득 뇌리를 스친 생각 하나.
　소금주는 얼른 고개를 잘래잘래 흔들어서 털어내 버렸다.

第八十章

맹약지언(盟約之言)
대장부의 일언은 그대로 맹약이 되는 법이다

華山
劍宗

"망할 것!"

소화산장에 도착하자마자 냉면삼마를 만난 귀왕 소연명이 버럭 노성을 터뜨렸다.

그가 도착하기 사흘 전 진영언과 소금주가 몰래 소화산장을 빠져나갔다는 보고를 들은 직후였다.

일제히 고개를 떨군 냉면삼마.

그들은 혹여 소연명이 자신들에게 책임을 물을까 봐 잔뜩 겁먹은 표정을 짓고 있었다. 냉면삼마라는 명호가 무색해지는 순간이었다.

'잘 구워삶고 있었건만……'

'조금 더 내가 아픈 척을 했어야 하는 거였던가?'
'그래도 참 시기 한번 기가 막히구만! 총순찰이 튀어버리자마자 귀왕이 달려오다니 말야!'

냉면삼마는 본래 진짜로 부상을 당했다. 북풍단의 전력을 좀 우습게보고 근접거리에서 정보 수집 활동을 벌이다가 포위망에 걸려든 게 원인이었다.

덕분에 아직도 둘째와 셋째는 칼질당한 부위가 채 아물지 않은 터였다. 내상은 대충 회복되었지만 갈라진 살거죽이 달라붙기에 한 달은 그리 긴 시간은 아니었다.

그래서인가?

소연명이 화내는 광경을 지켜보던 둘째와 셋째가 슬쩍 이맛살을 찌푸렸다. 칼질당한 부위가 욱신거리며 쑤셔왔기 때문이다. 그런데 하필이면 그게 또 소연명의 눈에 딱 걸려 버렸다.

"뭐요?"
"예?"
"무슨?"

이맛살을 찌푸리고 있던 둘째와 셋째가 흠칫 놀라 표정을 딱딱하게 굳혔다. 자신들을 향하고 있는 소연명의 표정이 심상찮아서 등줄기에 식은땀이 흘러내렸다.

"내가 부탁한 게 그리 힘든 거였소? 고작해야 철딱서니없는 계집아이 하나 사지로 걸어 들어가지 않게 해달라는 것이?

그런데 그런 간단한 부탁도 지키지 못한 주제에 오만상을 찌푸리다니! 이번 기회에 한번 항명이라도 해보겠다는 거요? 한번 오랜만에 붙어볼까나! 앙!"

"귀왕, 아니외다! 아니외다!"

"절대 그런 것이 아니외다! 오해요! 오해!"

둘째와 셋째가 연신 손사래를 쳤다. 등줄기로 흘러내리고 있던 식은땀이 어느새 오싹한 소름을 만들어내고 있었다. 지금 소연명이 내뿜고 있는 살기가 절대 농담으로 끝날 성싶지 않았기 때문이다.

어쩔 수 없이 첫째가 나섰다.

"귀왕, 진정하시오. 둘째와 셋째는 지금 부상 중이외다. 북궁세가의 북풍단 후레자식 놈들한테 칼질을 대차게 당해서 한 달이나 요양해야 했을 정도였소이다."

"칼질을 당했다고?"

"그렇소이다."

첫째가 고개를 끄덕이곤 시선을 둘째와 셋째한테 던졌다. 얼른 사태를 수습하란 의미다.

평생을 함께한 냉면삼마다.

첫째의 눈짓이 뜻하는 바가 무언지를 모를 리 만무하다. 언제 당황감으로 정신이 아득했느냐는 듯 그들이 바로 움직임에 돌입했다.

사삭! 사사삭!

둘째와 셋째가 얼른 옷을 홀러덩 벗어서 자신이 칼질당한 부위를 까발렸다. 손가락으로 시커멓게 피딱지가 내려앉아 있는 부위를 가리키는 것 역시 잊지 않는다.

"보통 칼질이 아니었소이다!"

"아주 독한 놈들이었소이다! 아주 그냥 거의 반쯤 죽다가 살아났소이다!"

소연명의 눈매가 가늘어졌다.

빠르게 상처를 훑어보자 첫째의 말이 결코 거짓말이 아니란 걸 알 수 있겠다. 여태까지 부상자들을 갈구고 있었던 것이 된 셈이다.

'제기랄!'

내심 욕설과 함께 소연명이 손을 휘휘 내저어 보였다. 추하니까 얼른 까올린 옷을 바로 하란 뜻이다. 그리고 잔뜩 분노를 폭발시키려던 태도 역시 거둬들였다. 여전히 속이 부글거리며 끓고 있긴 하나 부상자를 상대로 풀 수는 없는 일이었다.

"북풍단의 어떤 개새끼가 이렇게 독한 것이오? 북풍단주인 북풍탈명도 문극상과 부단주 추풍광도 염무극이 함께 달려들지 않고서야……"

"그게 사실은 우리 삼형제는 문극상과 염무극은 구경도 하지 못했소이다."

"그럼 양의쌍첨진이로군."

"그렇소이다. 그 빌어먹을 양의쌍첨진에 걸려드는 바람에 둘째와 셋째가 초기에 부상을 당하고 말았소이다. 그거 생각보다 정말 독한 진세더구려."

"흥! 어쨌든 사패 중 하나인 북궁세가를 대표하는 합벽진이니까 위력이야 두말하면 잔소리인 게고……."

말끝을 흐리며 소연명이 입가에 냉소를 담았다.

그러나 눈빛은 다르다.

대수롭지 않다는 듯 말을 받긴 했으나 강북 하오문의 최강급 고수라 할 수 있는 냉면삼마가 북풍단의 하급 무사들에게 부상을 당했다. 비록 그것이 북궁세가가 자랑하는 양의쌍첨진의 위력이라곤 하나 기분이 더럽지 않을 수 없다. 사뭇 현 정파천하를 지탱하고 있는 네 개의 기둥이라는 사패의 위용을 새삼스레 느끼는 계기이기도 하였다.

'그렇다곤 해도 이번에 북풍단은 잔뜩 기합이 들어 있는 게 아닌가? 본래 이렇게 빠릿빠릿하게 주변 경계에 임하는 작자들은 아니었는데 말야…….'

내심 염두를 굴리며 미간 사이를 좁힌 소연명이 화제를 바꿨다. 그가 이곳으로 황급히 달려와야만 했던 본래의 목적을 끄집어낸 것이다.

"그래서 북궁휘 공자하고는 어느 정도나 접촉했소이까?"

"닷새 전에 부근에서 잠깐 만나서 북풍단의 움직임과 동향 정도를 전달해 줬소이다."

"단지 그뿐?"

"본래 다시 우리를 찾을 걸로 예상했는데, 그 뒤로 아무런 소식이나 접촉이 없었소이다."

"그럼 지금은 어디에서 뭘 하고 있소이까?"

"그것이……."

대형이 슬쩍 말끝을 흐렸다. 사흘 전 느닷없이 진영언과 소금주가 소화산장을 떠나 버린 탓에 잠시 북궁휘의 동향을 파악하는 걸 소홀히 한 까닭이다.

꿈틀!

소연명의 눈꼬리가 치켜 올라갔다.

"설마 행적을 놓쳤다고 말하려는 거요?"

"…현재로선 그렇소이다. 하지만 동천 일대의 하오문도들을 몽땅 풀어놓은 상황이외다. 어차피 북궁휘 공자는 북풍단을 노리고 있는 만큼 곧 행적을 찾을 수 있을 거외다."

"그 쉬운 걸 왜 여태까지는 못했고?"

"총순찰의 뒤를 쫓느라고 정신이 없어서 그만……."

"으득!"

소연명이 이를 갈았다.

주먹에도 힘이 잔뜩 들어갔다.

이번에도 소금주가 문제다. 얌전히 소화산장에 머물러 있지 않고 사고를 쳐서 냉면삼마로 하여금 북궁휘의 행적마저 놓치게 만든 거였다.

'이 망할 계집애 같으니! 이번에 붙잡으면 머리를 박박 깎아서 한동안 밖으로 돌아다니지도 못하게 만들어놓을 테다! 비구니 꼴을 하게 만들 것이야!'
 내심 다짐하는 소연명이었다.

           *   *   *

 북풍단 진중.
 밤이 깊어가며 거세지기 시작한 바람에 임시로 만들어진 막사의 거친 천 조각들이 요란한 펄럭거림을 보이고 있다.
 족히 백여 개가 넘는 숫자.
 오백에 이르는 북풍단의 총전력이 집결한 만큼 진중의 분위기는 흉험하기 이를 데 없다. 웬만한 국경선 부근의 대규모 군사 훈련을 떠올리게 만들 정도의 위용인 것이다.
 그 진중의 중심.
 주변의 여느 막사들보다 열 배 정도는 큰 규모의 대형 막사가 자리 잡고 있다. 북풍단주인 북풍탈명도 문극상이 머무는 총사령실이었다.

 밤이 깊어가는 시간대.
 아직도 총사령실의 내부는 환했다.
 대낮 같다는 표현은 쓰지 못할지라도 웬만한 여염집과는

비교가 되지 않을 정도다. 널따란 막사 내부에 몇 개나 되는 횃불과 모닥불이 활활 타오르고 있는 까닭이다.

사슴 가죽이 덧대어진 나무 의자에 다부진 육 척의 몸을 파묻고 있던 문극상의 미간 사이, 수심이 가득하다. 문득 북궁세가를 떠나오기 직전 독대했던 군사 유성월과 나눴던 대화를 떠올리고 만 때문이다.

'참으로 가슴이 답답하구나! 어쩌다가 정파무림을 대표하는 사패의 일좌인 북궁세가가 새외의 마도 세력과 결탁이나 해야 하는 상황에 이르렀단 말인가!'

유성월의 명령.

핵심만 말하자면 청해성과 감숙성을 거치는 동안 엄청나게 세력을 키운 대종교의 섬서성 진입을 도우라는 명령이었다. 놀랍게도 과거 고대마교와 연관이 있는 대종교와 정파의 기둥인 북궁세가가 연합을 맺게 된 거였다.

문극상은 고민했다.

아무리 평생을 북궁세가에 대한 절대적인 충성심으로 버틴 그이긴 했으나 이건 아니란 생각이 들었다.

북궁세가의 가신이기 이전에 그는 정파인이었다. 마도사파의 사마외도들을 뼛속까지 증오하는 과격파이기도 했다. 비록 임시 가주의 명이라곤 하나 반발심이 생기지 않을 수 없었다.

하지만 문극상은 당장 반발을 보이진 않았다. 전대 가주인 서방도신 북궁한경이 살해된 후 벌어진 소름 끼치는 숙청의 칼바람을 기억하고 있는 까닭이었다. 자칫 이번에 항명한다면 자신을 비롯한 북풍단 전체가 숙청을 당하지 않는다는 보장이 없는 것이다.

'추풍광도 염무극! 놈이 문제다! 내 믿음을 배반하고 유 군사한테 붙어서 북풍단을 제멋대로 농단하는 그 녀석과 장생당의 고수들 말이야!'

부단주 염무극.

그는 요새 들어 군사 유성월의 수족을 자처하고 있었다. 북풍단주인 문극상보다 유성월의 명을 우선할뿐더러, 종종 고압적인 태도를 보이기까지 했다. 유성월이 딸려 보낸 장생당의 고수 몇과 함께 말이다.

그런 점이 문극상을 분노케 했다.

마치 자신이 철저하게 감시받고 있다는 생각을 지울 수 없었다. 동천에 북풍단의 총전력을 집결시킨 현 시점에서도 그러했다.

잠시 자신이 처한 상황을 떠올리며 치솟는 분기를 속으로 삭이고 있던 문극상의 눈에 문득 이채가 어렸다.

송곳 같은 날카로움.

수없이 많은 실전을 통해 벼려진 문극상의 위기관리 능력은 결코 보통이 아니다. 매우 뛰어났다. 그와 동급인 절정고수라 해도 실제 목숨을 건 싸움이 벌어질 경우 반드시 죽일 수 있었다. 먼저 선공을 취하고 기습에는 철저히 반격을 가할 수 있는 까닭이다.

슥!

문극상이 대뜸 의자 옆자리에 놔뒀던 애도 탈명도를 집어 들었다. 곧바로 임전 태세 확립이다.

더불어 허리에 탄력을 주자 그의 신형이 어느새 막사 중앙을 점하고 서 있다. 어느 쪽으로 암습자가 나타난다 해도 균등하게 방어해 낼 수 있는 위치를 선점한 거였다.

'살수? 최소한 나보다 약하지 않은 자다! 공기 중에 미약하나마 다른 종류의 내음이 섞여들지 않았다면 칼날이 파고들 때까지 눈치조차 채지 못했을지도 몰라!'

문극상은 거기까지만 생각하기로 했다.

복잡한 생각은 좋지 않다.

그것도 임전 태세일 때는 더더욱 금물이다. 감각을 무디게 만들고 위기관리에 허점을 드러나게 만들기 때문이다.

그렇게 잠시 동안 적막이 막사 안을 물들이고 있을 때였다.

핏!

잡힐 듯 말 듯한 소음과 함께 막사의 중앙을 지키고 서 있던 문극상의 이마에 자그만 핏빛 실금이 그어졌다.

인당(印堂)의 바로 위.

사혈을 살짝 비껴서 핏방울이 방울져서 흘러내렸다. 순식간에 벌어진 일이다.

움찔!

문극상이 수중의 탈명도를 한차례 진동시켰다. 잔뜩 주입시켜 놨던 내공진기가 이마에 상처를 입는 순간 살짝 새어 들어간 탓에 벌어진 일이다.

그러나 그것만으로 끝이었다.

문극상은 탈명도에 더 이상 진기를 주입하지 않았고, 거센 도기광풍을 일으키는 것도 포기했다. 놀랍게도 인당 바로 위를 공격당하고서도 어떤 행동조차 보이지 않은 것이었다.

'방금 전에 나는 죽었다! 내 이마를 찍고 사라진 공격이 인당을 노렸다면 절대로 살아남을 수 없었어!'

굴욕적인 현실이다.

완벽하게 농락을 당한 상황이기도 했다.

그때 석상같이 굳어버린 그의 뇌리로 담담한 목소리가 파고들어 왔다. 일반적인 전음입밀을 월등히 뛰어넘는 혜광심어(慧光心語)였다.

"새벽, 동이 터올 무렵. 서남쪽 십 리 밖. 송림(松林)의 입구에서 기다리고 있겠소."

'이 목소리는……'

문극상의 눈에 다시 예의 송곳 같은 신광이 자리 잡았다. 혜광심어로 자신의 뇌리 속에 울려 퍼진 목소리가 꽤나 낯익다는 생각이 든 까닭이다.

주르륵!

그때 이마를 타고 떨어져 내린 핏방울이 큼지막한 콧선 옆으로 흘러내렸다. 이미 문극상을 긴장하게 만들었던 이질적인 느낌과 내음이 사라졌음은 물론이었다.

슥!

소매로 대충 얼굴의 핏방울을 훔친 문극상이 미간을 좁혀 보였다. 깊은 상념에 잠긴 모습이다.

그리고 그때였다.

밖에서 다소 요란한 소리와 함께 추풍광도 염무극이 모습을 드러냈다. 방금 전 문극상이 벌였던 적막 속의 대결을 아는지 모르는지 여전히 거만스런 표정이다.

"단주님, 어째서 도를 빼 들고 계시는 겁니까?"

"잠시 연무 중이었네."

"이 밤중에 말입니까?"

"무인은 언제나 연무를 게을리하지 않아야만 예기를 잃지 않는다는 게 내 지론일세. 그래, 자네는 이 밤중에 어쩐 일로 내 막사를 찾은 것인가?"

"황급히 보고드릴 일이 있어 찾아왔습니다."

"보고?"

문극상이 눈살을 찌푸리며 수중의 탈명도를 도갑에 집어넣었다.

스릉.

암중의 적과 교합조차 벌여보지 못한 채 애도를 집어넣자니, 입맛이 사뭇 쓰다.

 그러나 문극상은 그 같은 내심을 겉으로 전혀 드러내지 않았다. 눈앞의 염무극을 이미 자신의 수하로 생각하지 않고 있었기 때문이다.

 "흠! 설마하니 여태까지처럼 선조치 후보고를 하려는 건 아닐 테지?"

 "물론입니다."

 "그럼 말해보게. 그 보고란 것을 말일세."

 다소 퉁명스런 문극상의 반응에 염무극이 한쪽 입꼬리를 슬쩍 치켜올렸다. 상관을 대하는 태도치고는 상당히 무례하다 할 만한 태도다.

 "방금 전 척후조들이 동천에서 얼마 떨어지지 않은 감숙성 방면으로 상당한 숫자의 고수들이 움직이고 있는 걸 확인하고 돌아왔습니다."

 "감숙성 방면에서가 아니고?"

 "예."

 "혹시 섬서 일대의 정파무림인들이 연합을 맺은 것인가?"

 "그렇지는 않은 것 같습니다. 관과 육선문을 상징하는 깃발들이 상당수 포함되어 있었던 것 같으니까요."

 "관과 육선문을 상징하는 깃발들? 설마 황군이 움직였다는 건가?"

 "군은 아니지만, 황궁 세력과 관련된 건 분명해 보입니다.

아마 동창과 금의위 계통일 테지요."

"……."

문극상이 입을 굳게 다물었다.

동창과 금의위.

황궁의 육선문을 대표하는 무력 단체이며, 황제 직속의 감찰 기관이기도 하다.

당연히 이 같은 단체가 움직인다는 소문만 나도 무림 세력들은 재빨리 꼬리를 말아야만 한다. 그들이 지닌 무력이 만만치 않은 것은 둘째 치고 자칫 황제의 분노를 사게 될 것을 걱정하지 않을 수 없었기 때문이다.

그런데 문극상은 왠지 마음이 불안해졌다. 자신에게 이 밤중에 평소완 달리 보고란 걸 하러 온 염무극의 저의가 의심스러워서였다.

염무극이 말했다.

"과연 군사님의 혜안은 놀라우셨습니다."

"뭐?"

"이 같은 상황을 군사님은 미리 예측하고 계셨습니다. 그래서 어찌 대처해야 할지도 알려주셨지요."

"설마 그 명령이란 게……."

"사흘 뒤 감숙 쪽에서 대종교의 대군이 밀고 내려올 겁니다. 그에 맞춰서 단주님은 북풍단의 총력을 기울여서 양동작전을 감행하시면 됩니다."

"양동?"

"대종교의 대군과 함께 이곳에 모여든 황궁의 떨거지들을 몰살시키는 겁니다. 그게 바로 군사님이 북풍단을 동천으로 보내 주둔케 한 진짜 이유였습니다."

"……"

문극상의 눈에 핏발이 섰다. 예전과 같은 송곳 같은 신광을 발하는 대신 염무극을 죽일 듯 노려봤다. 그의 태연스런 말에 기가 꽉 막혀 버린 것이다.

그러나 염무극은 여전히 오만무례한 태도를 견지했다.

말투 역시 마찬가지다.

"군사님의 명령은 절대적입니다! 만약 단주님께서 항명하려 하신다면……."

"누가!"

버럭 목청을 높여 염무극의 말을 중간에서 끊은 문극상이 신색을 차갑게 가라앉혔다.

"…누가 항명을 함부로 입에 매달 수 있단 말인가!"

"그럼……."

"사흘 뒤 북풍단은 예정대로 대종교의 군세와 합류할 것일세. 내 지휘하에! 그러니 자네는 더 이상 보고할 사항이 없다면 이만 나가보도록 하게!"

"…존명!"

염무극이 다소 불쾌한 기색을 내비치며 복명한 후 막사를 빠져나갔다. 오늘 밤 문극상의 항명을 빌미 삼아 북풍단을 아예 자신의 것으로 만들 속셈을 품고 막사를 찾아왔음을 짐작케 하는 모습이었다.

사실 염무극의 계획은 본래 성공할 뻔했다.

문극상은 중간에 참지 못하고 다시 탈명도를 뽑아 호가호위(狐假虎威)를 일삼는 오만무례한 부단주의 목을 참하려 했다. 만약 순간적으로 뇌리를 스쳐 간 혜광심어의 전언이 없었다면 필경 그리했을 터였다.

'북궁세가여! 내 생명과 명예를 걸고서 충성을 바쳐 왔던 맹약(盟約)의 대지여! 도대체 어디까지 가려 하는 것이오! 어디까지 실망을 안겨주려는 거냔 말이오!'

내심의 격렬한 외침과 함께 문극상이 장탄식을 입에 매달았다.

"후우우!"

누구도 들을 수 없는 사나이의 짙은 고뇌였다.

   *   *   *

여명의 때.

족히 수령이 수백 년씩은 넘어 보이는 소나무 숲을 등진 채 한 명의 미남자가 서 있었다.

극도로 준수한 외모.

한쪽 볼을 가로지른 상처만 없다면 미녀라 착각할 만큼 잘생긴 미장부였다.
세상에 이 같은 사내가 많을 리 만무하다.
그는 소림사에서 대반야신강을 완성한 북궁휘였다.
그런데 그에게 변화가 생긴 건 대반야신강을 완성하고도 남은 볼의 상처뿐만은 아닌 것 같다. 허리춤에 매달려 있는 한 자루의 청강장검은 그대로인데, 등에도 커다란 사 척의 대도가 존재하고 있었다.
과거 가지고 다녔던 대도 정도?
아니다.
그때보다 조금 더 크다. 제대로 휘두를 수나 있을까 싶을 정도의 대도가 등 전체를 가리고 있는 것이다.
문득 북궁휘가 시선을 한쪽 방향으로 던졌다.
이유가 없을 리 만무하다.
어느새 그의 시선을 받으며 중년의 도객이 모습을 드러냈다. 동천의 북풍단 진영을 새벽을 틈타 몰래 빠져나온 문극상의 등장이었다.
끄덕.
문극상이 북궁휘와 시선을 교차한 후 미미하게 고개를 주억거려 보였다.
'설마했거늘! 진짜로 삼공자였을 줄이야!'
삼공자 북궁휘.

친부이자 북궁세가의 전대 가주인 서방도신 북궁한경을 모살했다고 알려진 패륜아다. 북궁세가에 속한 자라면 누가 됐든지간에 보는 즉시 주살해야만 할 악적인 것이다.

그 같은 생각은 문극상 역시 마찬가지였다.

스윽!

느닷없이 신형을 도약시킨 문극상이 곧바로 발도에 들어갔다. 애도 탈명도를 공중에서 빼 든 채 곧바로 북궁휘를 노리며 일도양단해 들어왔다.

쩌저적!

문극상은 이 한 번의 공격에 자신의 모든 것을 걸었다.

단순한 일도양단일 리 만무하다.

그의 도가 북궁휘를 바로 코앞에 둔 채 곧바로 격렬한 변화를 일으켰다.

성명절학 일견탈명도(一見奪命刀) 최강 초식!

일견사(一見死)!

여태까지 단 세 차례밖엔 적을 주살하는 데 실패한 적이 없는 살초가 북궁휘를 노렸다. 무한한 살기를 드러내며 사지육신을 모조리 분쇄해 버리려 했다.

쩡!

문극상의 의도는 실패했다.

그의 일견사가 막 북궁휘의 전신사혈을 벌집으로 만들어 놓으려는 찰나였다.

갑자기 북궁휘가 허리를 슬며시 숙여 보이더니, 등에 매달아놨던 대도를 꺼내 들었다. 아예 일견사의 변화 따윈 아랑곳하지 않고서 그리했다.

그리고 결과는 문극상을 어처구니없게 만들었다.

일평생을 함께해 왔던 탈명도.

전장에서 죽기 전까진 절대로 손에서 놓을 일이 없다고 여겼던 애도가 하늘 위로 날아가 버렸다. 일견사가 무위로 돌아간 건 둘째 치고 아예 두 번째 공격 자체를 하지 못하게 되어버린 것이다.

그것뿐일 리 만무하다.

문극상은 탈명도를 잃어버린 충격에서 벗어나기도 전에 반신이 완전히 마비되어 버린 현실을 받아들여야만 했다.

단 일합!

이 모든 게 전력을 다한 일견사가 실패한 것과 동시에 벌어진 일이었다. 문극상의 안색이 딱딱하게 굳지 않을 수 없다. 자신에게 벌어진 현실을 있는 그대로 받아들이기가 쉽지 않았기 때문이다.

"이 무슨……."

스윽!

북궁휘가 어느새 문극상의 인당을 겨누고 있던 대도를 거둬들였다. 애초부터 그의 공격을 막은 것일 뿐, 목숨을 취할 생각이 없었음을 공식화한 것이다.

"문 단주도 날 패륜아라 생각하고 있는 것이오?"
"아니라 주장하려는 거요?"
"그렇소."
"그럼 어째서 도주한 것이오? 당당히 북궁세가에 남아서 사실을 밝혔어야 하지 않소이까?"
"아버님의 유언 때문이었소."
"가주님께서 유언을 남기셨단 말이오?"
"그렇소. 아버님은 아주 오래전부터 만성독약에 중독되어 고통을 받고 계셨소. 그래서 몰래 본가에 침투한 마도의 무리를 제거하시려 하셨는데… 흉수가 그 사실을 먼저 알고 아버님을 해친 것이오."
"설마… 삼공자는 대공자를 의심하는 것이오?"
"당시에 둘째 형님과 넷째, 다섯째가 모두 참살을 당했소. 나는 패륜아로 몰려서 사지를 헤매야만 했고. 다른 어떤 사람이 있어서 그런 짓을 한꺼번에 행할 수 있었겠소?"
"그렇지만 대공자가 어째서 그런 말도 안 되는 짓을. 아니, 그럴 이유가 있단 말이오?"
"대종교! 모든 것은 그들의 중원침공과 관련되어져 있소. 그 같은 의심은 문 단주도 어느 정도 해봤을 것 아니오?"
"……."
문극상이 입을 다물었다. 북궁휘가 한 말의 의미를 충분할 정도로 이해하고 있었기 때문이다.

북궁휘가 말했다.

"나는 아버님의 유언대로 북궁세가에서 대종교의 세력을 모조리 몰아낼 작정이오. 그리고 그러기 위해선 문 단주를 비롯한 사단주들의 힘이 반드시 필요하오. 사단이야말로 북궁세가의 진정한 정영이라 할 수 있으니까 말이오."

"그래서 날 죽이지 않은 것이오? 두 번씩이나?"

"나는 그동안 밖에서 북궁세가의 중요 인사들을 모조리 조사했소. 대종교와 관련된 자들을 먼저 색출해야 했기 때문이오. 문 단주는 거기에 속하지 않았던 분이니, 어찌 내가 해칠 수 있겠소?"

"그 말은 내가 삼공자의 명을 듣지 않는다 해도 해치지 않겠다는 뜻이오?"

"그렇소."

"하지만 그리되면 삼공자의 계획에 차질이 생기는 게 아니오?"

"맞소. 하지만 나는 북궁세가와 아버님에게 평생 충성을 바친 문 단주 같은 분에게 부탁을 할 수 있을 뿐, 강요를 할 순 없소. 그건 내가 바라는 바가 아니오."

"약한 소리!"

갑자기 목청을 높인 문극상이 예의 송곳 같은 신광을 북궁휘의 얼굴에 꽂아 넣었다.

"삼공자의 그 같은 뜻은 옳소! 하지만 동시에 틀리기도 하오! 어찌 그리 약한 마음을 가지고서 북궁세가의 더럽혀진 명예를 되찾으시려 하는 것이오? 만약 사단주 중 삼공자의 뜻에 따르지 않는 자가 나온다면 당장 그를 죽여서 비밀이 적들의 귀에 들어가는 걸 막아야만 할 것이오!"

"문 단주, 그럼 날 믿고 따라주시겠다는 것이오?"

"그렇소! 주군!"

간명한 대답과 함께 문극상이 북궁휘 앞에 부복했다.

대장부의 일언!

그대로 맹약이 되는 법이다.

그는 천생무골(天生武骨)답게 북궁휘에게 믿음을 느끼자마자 자신의 충성을 바칠 주인으로 인정했다. 그동안 단단한 맹약으로 맺어져 있던 북궁세가에 근래 느꼈던 의혹과 실망이 빠른 결정을 내리는 촉매제가 되었음은 물론이었다.

'북풍단! 누가 뭐라 해도 사단의 으뜸이다. 북풍단주인 문극상을 얻은 건 아주 의미가 깊은 일이야.'

내심 흐뭇하게 문극상을 바라본 북궁휘가 문득 시선을 먼 쪽으로 던졌다.

얼마 전 문극상이 나타났던 곳과 동일한 방면.

부복한 문극상 역시 뒤늦게 상황의 급변을 깨달았다.

'아뿔싸! 내가 꼬리를 달고 온 것인가?'

문극상의 뇌리로 오만불손한 염무극과 장생당 출신의 고수인 흑풍쌍겸(黑風雙鐮)이 스쳐 지나갔다. 그들이 함께 몰려왔다면 상당히 힘든 싸움이 될 수도 있다는 판단이었다.

바로 그때다.

막 부복을 풀고 신형을 일으켜 세우려던 문극상의 곁을 북궁휘가 절정의 유성삼전도를 펼쳐 떠나갔다. 막사 안에서 문극상을 웃지도 울지도 못하게 만들었던 무형무흔(無形無痕)의 경지를 또다시 보여준 것이다.

결과?

그리 멀지 않은 곳에서 울려 퍼진 세 마디의 단말마로 대신할 수 있겠다.

단 일수유!

그리 길지 않은 한차례의 호흡이 끝나기도 전이었다. 한줄기 바람이 되어 문극상의 곁을 떠난 북궁휘는 염무극과 흑풍쌍겸의 삼대고수를 불귀의 객으로 만들어 버렸다. 마치 애초부터 그들 자체가 이곳에 존재하지 않았던 것처럼 깨끗이 처리해 버린 것이었다.

『화산검종』제8권 끝

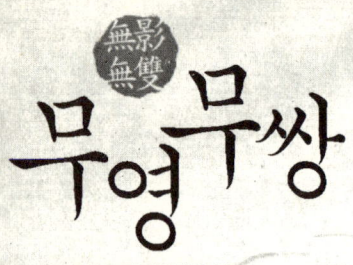

무영무쌍

김수겸 新무협 판타지 소설

그림자도 찾기 힘들고[無影],
가히 대적할 자도 없다[無雙]!
강호의 절대고수 무영무쌍!

청설위국의 위사 진세인,
그를 찾아오는 수많은 사람들.
그를 원하는 수많은 세력들.

거대한 음모의 소용돌이 속에서
그는 그를 버렸던 용부를 지켰고,
그에게 검을 겨눴던 무림맹과 십만마교를
구해냈다.

모든 것을 가졌던 황제가
끝까지 갖지 못했던 단 한 사람!
위사 진세인과
동료들의 강호행이 시작된다!

유행이 아닌 자유추구 -
WWW.chungeoram.com

Book Publishing CHUNGEORAM

은하의 계곡
무천향
武天鄕

허담 新무협 판타지 소설

뿌리를 찾아가는 목동 파소의 여행.
그 여정의 끝에서
검 든 자들의 고향 대무천향(大武天鄕)을 만난다.

검객 단보, 그는 노래했다.

…모든 검 든 자들의 고향 무천향.
한 초식의 검에 잠든 용이 깨어나고, 또 한 초식의 검에 잠든 바다가 일어나네.
검의 흐름을 따라가다 보면 어느새, 세월도 잊어버리고, 사랑도 잊어버리고,
무공도 잊어버려…….
결국에는 자신조차 잊어버리는…….

은하의 가장 밝은 빛이 되어버린다는
그 무성(武星)들의 대지(大地).

아, 대무천향(大武天鄕)이여!

유행이 아닌 자유추구 -
WWW.chungeoram.com
Book Publishing CHUNGEORAM

낭왕 狼王

별도 新무협 판타지 소설

살내음 나는 이야기에 여러분은 가슴 졸인 적이 있는가?
남들이 볼까 두려워하며 책을 가리면서 읽었던 구절을 몇 번이나 반복하며
읽은 적이 없는가?

구무협의 향수를 그리워하던 별도가 결국은
〈무협의 르네상스〉를 부르짖으며 직접 자판 앞에 앉았다.

"제가 무협을 쓰기 시작한 이유는 더 이상 읽을 책이 없었기 때문입니다."

모든 일은 4년 전부터 시작되었다.
살인사건을 배경으로 펼쳐지는 음모와 배신, 사랑과 역공작,
그리고 정사!

우리 시대의 이야기꾼, 별도의 새로운 글, 〈낭왕狼王〉!
〈천하무식 유아독존〉, 〈그림자무사〉, 〈검은여우潘(狐狸)〉에
이은 그의 또 하나의 역작!